Zuschauerblues

...wen(n) Filme leiden lassen
Eine Erzählung von Gudrun Heller

*Whichever way I go, I always end up
at one place – on Lonely Avenue.*

(Bob Dylan)

Herstellung und Verlag:
BoD - Books on Demand, Norderstedt
ISBN 978-3-7357-8869-6

Die Macht der Bilder

Natürlich war der Held des Films gut aussehend. Und natürlich sympathisch. Eine dieser Geschichten über Nazi-Deutschland, eine Geschichte über eine Liebe zwischen einem Widerstandskämpfer und einer Unternehmerstochter. Eine Liebe, die zur falschen Zeit passierte. Keine Chance auf ein Happy-End, der Held wird erschossen.

Susanne Dimberg hatte den Film vom Fernseher aufgenommen. Da saß sie nun und hatte 120 Minuten mit gezittert. Die bunten Bilder hatten sie in eine Welt gezogen, die sie selbst nicht erlebt hatte. Die Bedrohung der Diktatur war fühlbar geworden, die Liebe der beiden war fühlbar geworden. Sie hatte nicht anders gekonnt, sie war in die Rolle der Hauptdarstellerin gerutscht, hatte um den Geliebten gebangt, gelitten. Und dann der Schluss: Der Held war erschossen worden. Ende. Aus. Noch ein paar Bilder über SS-Gewaltakte, die Trauer der Hauptdarstellerin. Abspann. Sie saß wie erstarrt auf ihrem Fernsehsofa, zurückgeschleudert in die Gegenwart. Sie war traurig, aufgewühlt, fühlte einen tiefen Schmerz. Sie wusste, die Geschichte war nicht real – aber sie *hätte* real sein können.

Sie stand auf und ging zum Kühlschrank, goss sich ein Glas Wasser ein. Die Bilder des Films liefen in ihrem Kopf herum. Ausschnitte, ganze Szenen. Und immer wieder dieser Schuss. Endgültiges Aus. Sie lehnte sich an das Fenster und schaute hinaus in die Dunkelheit. Irgendwie musste sie sich beruhigen. Wie hatte sie es zulassen können, dass die Bilder sie so in Besitz nahmen? Sie kannte sich schließlich aus mit Fiktion und Wirklichkeit. Sie schrieb schließlich selber ab und zu Geschichten.

Sie dachte nach.

Als erstes löschte sie die Aufnahme. Als könnte sie den Film damit ungeschehen machen. Als könnte sie die Bilder in ihrem Kopf damit löschen. Sie sagte sich immer wieder: Es ist doch nur ein Film.

Am nächsten Tag wachte sie schon früh auf. Es dauerte nicht lange, da nahmen die Bilder sie wieder in Besitz. Bilder. Trauer. Schmerz. Sie erinnerte sich. Gestern. Der Film. Der Hauptdarsteller. Er wollte ihr nicht aus dem Kopf gehen. Wie war nochmal sein Name? Richtig, Carsten Fink. Sie sah ihn noch genau vor sich, als ob sie den Film gerade erst gesehen hätte. Sie schloss die Augen, massierte sich die Schläfe, als ob sie damit die Bilder wegdrücken könnte. Die Zeit verstrich und sie war wie benebelt, bekam sich nicht in den Griff. Und gleich musste sie zur Arbeit, musste wieder funktionieren. Wie eine Fremde saß sie am Frühstückstisch und die Worte ihres Mannes und ihrer Tochter drangen nur leise zu ihr vor. Ihr Kopf fühlte sich an, als wäre er mit Watte gefüllt. Später, im Büro, erledigte sie mechanisch ihre Aufgaben, die Worte der anderen konnten sie kaum erreichen. Sie war froh, als sie endlich wieder zu Hause war. Noch war sie alleine. Es war völlig still. Sie setzte sich auf den Küchenstuhl. Die Bilder zogen immer noch durch ihren Kopf, der Schmerz war immer noch da. Vielleicht wurde es besser, wenn sie den Film nochmal sah? Bestimmt würde sie sich dann beruhigen, vielleicht sogar langweilen, weil sie ja schon alles kannte. Die Szenen würden sie wegen der Wiederholung nicht mehr so stark berühren, sie würde den Film als das sehen können, was er war: Erfundene Wirklichkeit, nicht die Wirklichkeit selbst.

Siedend heiß fiel ihr ein, dass sie den Film gelöscht hatte. Sie *musste* ihn aber noch einmal anschauen; sie war sich jetzt sicher, dass das die einzige Möglichkeit war, diese schmerzenden Bilder aus dem Kopf zu bekommen. Nur noch einmal! Sie fuhr in die Stadt und besorgte sich die DVD. Als sie sie in den Händen hielt, klopfte ihr Herz wie verrückt: jetzt, jetzt, jetzt! Endlich war es soweit. Noch einmal das ganze Drama, noch einmal das Ende. Sie schaltete den Computer ab und hoffte, dass es ihr besser gehen würde. Aber im Gegenteil. Jetzt sah sie die Szenen noch klarer vor sich. Der Schmerz war noch größer. Sie hatte anscheinend genau das Falsche gemacht. Hätte sie sich das nicht denken können? Wer behandelte schon eine Krankheit mit noch mehr Bakterien? Aber jetzt war es zu spät. Sie ahnte es. Ein unbändiges Verlangen war in ihr erwacht.

Nochmal, nochmal, nochmal.

Die nächsten Wochen verbrachte sie wie in einem Rausch. Manchmal sah sie nur einzelne Szenen, weil die Zeit nicht reichte, manchmal den ganzen Film.

Nochmal, nochmal, nochmal.

Sie kannte den Film jetzt schon fast auswendig. Nur Trauer und Schmerz, die war sie immer noch nicht los. Diese verdammten Bilder!

Auf diese Weise vergingen Tage und Wochen. Sie kam einfach nicht von dieser Geschichte los. In ihrem Kopf begann es zu hämmern. So konnte es nicht weitergehen. Sie wollte endlich wieder *wirklich* leben, sie wollte diese Bilder loswerden, diesen Filmrausch.

Rausch? Ein Entzug, das wäre sicher die Lösung. Also denFilm nicht mehr sehen. Sie stöhnte leise auf. Woher sollte sie dazu die Kraft nehmen? Fieberhaft dachte sie nach. Wenn sie den Film nicht mehr mögen würde, würde sie ihn sich nicht mehr ansehen. Und sie würde den Film nicht mehr mögen, wenn sie den Hauptdarsteller nicht mehr mögen würde – schließlich war er es, mit dem sie mitzitterte, mitlitt.

Nicht mehr mögen war vielleicht zu wenig, besser wäre noch, wenn sie ihn verabscheuen würde. Ja, sie musste etwas finden, das ihn verabscheuenswert machte - oder vielleicht lächerlich? Das wäre auch nicht schlecht. Sie setzte sich an den Computer und forschte im Internet. Es war zum Verzweifeln. Sie konnte nichts Unsympathisches über Carsten Fink finden, nein, im Gegenteil. Sie suchte weiter. Da stand, dass er auch sang. Ein triumphierendes Lächeln schlich sich in ihr Gesicht. Das könnte die Lösung sein. Vielleicht machte er sich beim Singen lächerlich.

Wahllos klickte sie ein Video über einen Auftritt irgendwo in Norddeutschland an. Als die Musik erklang und sie seine Stimme hörte, wusste sie, dass sie einen großen Fehler gemacht hatte. Seine Worte trafen sie mitten ins Herz. Die Musik traf sie mitten ins Herz. Sie fühlte sich, als ob sie eine Felswand empor geklettert wäre und ihr kurz vor dem Ziel jemand auf die Hände getreten hätte. Sie stürzte ins Bodenlose. Irgendwann bemerkte sie, dass der Computer immer noch angeschaltet war, sie immer noch online war. Gab es dort überhaupt etwas, das ihr helfen konnte?

Sie hatte die Hoffnung schon fast aufgegeben, als sie auf dieses Interview stieß. Die Worte rauschten an ihr vorbei. Sie war müde. Das war doch alles absurd. Zwecklos. Und dann plötzlich, wie durch dichten Nebel, hörte sie den Interviewer fragen, wie Carsten Fink nach so einem Filmdreh wieder in die normale Welt zurückkomme. Er sei noch nie gefährdet gewesen, keine klaren Grenzen mehr ziehen zu können, antwortete er. Wirklichkeit und Fiktion müsse man eben trennen können.

…eben trennen können…

Die Worte klangen in ihr nach. Immer wieder hörte sie sie. Irgendwo in ihr drinnen entstand ein Gefühl. Erst kaum spürbar, dann immer stärker. Gepaart mit einer schrecklichen Ahnung. Der spielt eine Rolle und danach schüttelt er sich wie ein nasser Hund und geht ein Bierchen trinken. Und lässt uns zurück. Uns, die Zuschauer. Dem ist es doch völlig egal, wie es seinen

Zuschauern geht, dachte sie verbittert. Wir sind doch selber schuld, wenn wir mit den Bildern nicht umgehen können. Er ist doch nur ein Schau*spieler*, hat doch nur gespielt.

Gespielt. Mit uns.

Und da war sie plötzlich, diese Kraft, die sie so lange in sich gesucht hatte, verpackt in einer unbändigen Wut. Aufgewühlt griff sie zu ihrem Laptop, schrieb sich ihren Zorn von der Seele.

Das Spiel

Sie war gerade beim Essen, als das Telefon klingelte.

„Ja, bitte?", nuschelte sie in den Hörer.

„Carsten Fink, guten Tag", kam es vom anderen Ende der Leitung.

„Ich kenne keinen Carsten Fink", antwortete sie unwirsch und war kurz davor aufzulegen.

„Nein, klar, ich habe Ihre Nummer vom Verlag", sagte Herr Fink. „Ich bin Drehbuchautor. Es geht um ihr Buch „Verlorene Zeit". Ich möchte gerne einen Film daraus machen."

Vor Überraschung verschlug es ihr die Sprache. Sie war schließlich eine relativ unbekannte Autorin, eine Gelegenheitsschreiberin, wie ihr Verleger immer sagte.

„Hallo, Frau Siebrecht? Sind Sie noch dran?"

Natürlich war sie noch dran. Carsten Fink. In ihrem Kopf ratterte es. Das war doch der beliebte Schauspieler, den sie erst kürzlich in einem Fernseh-Interview gesehen hatte. Dass er auch Drehbuchautor war, war ihr nicht bekannt. Und der wollte einen Film aus ihrem Buch machen? Sie schluckte. Sie dachte daran, welche Bilder in ihrem Kopf herumliefen, als sie das Buch schrieb. *Ihre* Bilder. Und jetzt wollte jemand ihre Geschichte mit anderen Bildern unterlegen. Sie schauderte. Ihr war, als würde jemand versuchen, ihr Buch zu zerstören.

„Ich glaube nicht, dass das eine gute Idee ist", hörte sie sich sagen.

„Bitte, Frau Siebrecht, können wir uns nicht einmal treffen und über die ganze Angelegenheit sprechen? Ihr Verleger meinte auch, so ein Film wäre eine gute Werbung für ihr Buch", versuchte er sie zu überzeugen. Ja, sicher. Werner ließ keine Gelegenheit aus, um die Verkaufszahlen „seiner" Bücher zu steigern. Sie seufzte. Er hatte sie schon ein paar Mal darauf hingewiesen, dass ihr Vertrag auch die Verpflichtung beinhaltete, aktiv an der Vermarktung ihrer Bücher mitzuwirken. Also gut, ein Gespräch mit einem Drehbuchautor war ja noch keine Zusage. Erst mal sehen, was sich dieser Typ so vorstellte. „Meinetwegen", knurrte sie, „aber das heißt noch nicht, dass ich ihrem Filmprojekt zugestimmt habe."

Er atmete erleichtert auf.
„Schön. Sagen wir morgen um 15 Uhr im Café Auszeit?"
„In Ordnung", erwiderte sie wenig begeistert.

**

Das Café war nur mäßig besetzt. Kein Wunder, es war schließlich ein Wochentag und das Haus lag in einem

Vorort. Als sie die Tür öffnete, fiel ihr Blick in den Spiegel neben der Kuchentheke. Jeans und Pulli, wie immer. Kurz hatte sie überlegt, ob sie sich etwas „Besseres" anziehen sollte, hatte den Gedanken aber schnell wieder verworfen. Wozu auch? Sie legte nicht viel Wert auf dieses Gespräch, das sie Werner zu verdanken hatte. Als sie einen Blick in den kleinen Raum warf, fiel ihr ein, dass Carsten Fink sie ja gar nicht kannte. Aber wahrscheinlich würde ihr Verleger ihm ein Bild von ihr zeigen. Werner dachte ja immer an alles. Sie selbst hatte Carsten Fink schon einmal in einem Film gesehen, das war jedoch schon länger her. Und ob sie ihn im Alltag erkennen würde, war sie sich nicht so sicher. Im Moment jedenfalls konnte sie keine Person entdecken, die Carsten Fink sein könnte. Egal. Sie beschloss, sich einfach an einen der kleinen Zweiertische am Fenster zu setzen und abzuwarten, was passierte. Sollte nach ein paar Minuten niemand auf sie zukommen, würde sie das Café wieder verlassen.

Doch so einfach sollte sie aus der Geschichte nicht herauskommen. Nur wenig später stand ein Mann aus dem hinteren Teil des Raumes auf und ging auf sie zu. Er war mittelgroß, schlank, mit kurzen dunkelblonden Haaren. Eine seiner Haarsträhnen hing in sein Gesicht. Er versuchte, sie sich hinter das Ohr zu schieben. Aber sie war widerspenstig und fiel immer wieder zurück. Aufmerksame blaue Augen sahen sie an. Es gab unsympathischere Menschen.

„Frau Siebrecht?", sprach er sie an.
Jetzt erkannte sie ihn auch. Sie seufzte. Schade, sie würde dieses Gespräch nun wohl doch führen müssen.
„Ja, und sie sind sicherlich Carsten Fink."
Er lächelte zustimmend.
„Nett Sie kennenzulernen." Dann setzte er sich und winkte die Kellnerin zu ihrem Tisch.
„Für mich einen Kaffee, bitte", sagte er und sah sie fragend an.
„Ich hätte gerne einen Cappuccino", ergänzte sie die Bestellung.
„Gerne", erwiderte die Frau freundlich und verschwand in Richtung Theke.
Eine kleine Kunstpause entstand. Sie hatte keine Lust, sich die Mühe zu machen, das Gespräch zu beginnen. Schließlich wollte *er* etwas von ihr. Sie lehnte sich in ihrem Stuhl zurück und schaute aus dem Fenster. Er räusperte sich.
„Haben Sie sich die Angelegenheit noch mal durch den Kopf gehen lassen?", kam er direkt zur Sache.
Sie war erleichtert, dass sie anscheinend keinen langen Smalltalk halten musste. Wenn sie jetzt ehrlich war,

könnte sie das Gespräch schnell hinter sich haben. Sie schaute ihm offen ins Gesicht.

„Ja und ich bin nicht gerade begeistert davon."

Er grinste spöttisch. „Das habe ich schon am Telefon gemerkt."

Das war ja wohl auch nicht zu überhören gewesen, dachte sie.

„Wer soll denn die Hauptrolle spielen?", fragte sie.

Er lächelte. „Ich."

Überrascht zog sie die Augenbrauen hoch.

„Und wer ist der Regisseur?", fragte sie weiter.

„Ich", bekam sie wieder zur Antwort.

Jetzt war es an ihr, spöttisch zu grinsen.

„Ist das nicht ein bisschen viel für eine Person?"

Er wollte gerade antworten, als die Kellnerin Kaffee und Cappuccino servierte. Er ließ sie erst einmal auf seine Antwort warten und beschäftigte sich damit, Milch und Zucker in seiner Tasse zu verrühren. Dann blickte er sie trotzig an.

„Das lassen Sie mal meine Sorge sein."

Sein plötzlich aggressiver Ton überraschte sie und machte sie ebenfalls angriffslustig.

„Wenn ich das tun würde, könnte ich die Filmrechte an meinem Buch ja gleich meistbietend versteigern", konterte sie daher schärfer, als sie es eigentlich beabsichtigt hatte.

Ihre heftige Reaktion ließ ihn einen Moment zurückschrecken. Sie hatten sich gerade erst einmal begrüßt und schon geriet er mit ihr aneinander. Um sein Ziel zu erreichen, war das nicht gerade sehr nützlich. Und trotzdem - er musterte sie verächtlich. Was bildete sie sich eigentlich ein? Sie war schließlich keine berühmte Autorin. Wenn sie sich streiten wollte, bitte schön.

„Ach, und Sie meinen, dass sich irgendein anderer Drehbuchautor oder Regisseur dafür interessieren würde?"

Dafür, dass *er* etwas von ihr wollte, war er ganz schön unverschämt, dachte sie. Wollte sie sich eigentlich wirklich weiter den Vormittag durch diesen Schauspieler verderben lassen? Sie hatte doch sowieso nicht die Absicht, ihr Buch verfilmen zu lassen. Auf das Treffen hatte sie sich nur ihrem Verleger zuliebe eingelassen und jetzt reichte es ihr.

„Ich habe keine Lust, mich mit Ihnen weiter herumzuärgern. Das Ganze war schließlich nicht meine Idee. Mir wäre es im Gegenteil lieber, die Geschichte bliebe zwischen den Buchdeckeln, als in Bildern über die

Leinwand zu tanzen."

Abrupt schob sie ihren Stuhl zurück und wandte sich zum Gehen.

Ihm war bewusst, dass sein Projekt kurz davor war zu scheitern und er bereute schon, dass er sich so hatte gehen lassen.

„Tut mir leid. Das war nicht so gemeint. Bitte bleiben Sie."

Für einen Moment lang berührte er ihren Arm.

Wütend schüttelte sie ihn ab wie eine lästige Fliege. Hätte er versucht sie festzuhalten, wäre sie tatsächlich gegangen. Aber er tat es nicht. Stattdessen sah sie in seinem Gesicht ehrliches Bedauern. Nach kurzem Zögern setzte sie sich wieder. Eine Weile lang schauten beide aneinander vorbei.

„Warum haben Sie sich eigentlich ausgerechnet mein Buch zum Verfilmen ausgesucht?", eröffnete sie diesmal das Gespräch.

„Aus persönlichen Gründen", antwortete er ausweichend.

Fragend sah sie ihn an.

Er zögerte. Er hatte eigentlich keine Lust, ihr einen tieferen Einblick in sein Leben zu gewähren.

Andererseits würde er ganz ohne weitere Erklärungen wohl keinen Erfolg haben. Also gut.

„In ihrem Buch geht es um einen Mann, der rückblickend erkennt, dass er sein ganzes Leben lang versucht hat, die Liebe seiner Mutter zu gewinnen, was ihm aber bis zu ihrem Tod nicht gelingt. Sie hatte dieses Kind nicht gewollt, es aber trotzdem großgezogen. Und immer, wenn etwas in ihrem Leben schief ging, hat sie es ihm in die Schuhe geschoben. – Wissen Sie, ich bin auch nur mit einem Elternteil groß geworden. Meine Eltern sind geschieden. Allerdings hat meine Mutter alles getan, damit es mir gut ging. Meinen Vater habe ich dagegen nur sporadisch gesehen.

Jedes Mal, wenn ich ihn besuchen durfte, habe ich mich enorm angestrengt, um ihm zu gefallen. Ich dachte immer, dass ich dann länger bei ihm bleiben dürfte. Oder dass ich ihn häufiger besuchen könnte. Das war natürlich eine Illusion. Im Gegenteil. Seine Besuche bei uns und meine bei ihm wurden immer seltener. Schließlich brach er den Kontakt ganz ab. Er hat wieder neu geheiratet und nochmal ein Kind bekommen. Seitdem war ich für ihn wohl uninteressant. Das einzige, was wir von ihm sahen, waren seine monatlichen Unterhaltszahlungen.“

Er lachte bitter auf.

„Na, immerhin etwas. Viele Väter zahlen ja überhaupt nicht. - Aber für mich war das schlimm. Ich habe noch lange gedacht, dass es meine Schuld war, dass er den Kontakt abgebrochen hat."

„Aber mittlerweile wissen Sie doch, dass das nicht stimmt, oder?" fragte sie sichtlich betroffen.
Seine Antwort war kaum noch zu hören, so leise war seine Stimme plötzlich geworden.
„Wissen tue ich das schon. Aber fühlen tue ich immer noch etwas anderes."

Für einen Augenblick lang lag Schmerz in seinem Gesicht, sah sie den kleinen Jungen, der immer noch hoffte, dass sein Vater zu ihm zurückkommen würde. Beide schwiegen beklommen.
„Vielleicht ist es doch gar keine so schlechte Idee, wenn *Sie* das Buch verfilmen", unterbrach sie die Stille. Überrascht schaute er auf.
„Aber nur unter der Voraussetzung, dass ich beim Filmen jederzeit dabei sein kann, wenn ich das möchte", schränkte sie sofort wieder ein, als bereute sie ihr Angebot bereits.
„Ja, sicher", lächelte er erleichtert. „Sie hören von meinem Produzenten. Er wird sich in den nächsten Tagen bei Ihnen melden und Sie können dann den Vertrag mit ihm abschließen. – Natürlich nur nachdem

sie das Drehbuch gelesen haben und nach reiflicher Überlegung."

Er sah sie verschmitzt an und reichte ihr die Hand, in die sie einschlug.

Tatsächlich erhielt sie am Ende der Woche eine Kopie des Drehbuchs, an dem sie nicht großartig etwas auszusetzen hatte. Entscheidend würde sowieso sein, wie die Schauspieler die Rollen ausfüllen würden. Ein paar Tage später folgte der Anruf des Produzenten. Man verabredete sich in seinem Büro und nachdem sie den Vertrag geprüft und für fair befunden hatte, unterschrieb sie. Drehbeginn sollte am 5. Oktober sein, also in drei Monaten. Es wurde ihr zugesichert, dass man sie hinsichtlich der einzelnen Drehtage und –orte auf dem Laufenden halten würde.

Drei Monate sind eine lange Zeit, vor allem wenn der Sommer und der Urlaub dazwischen liegen. Sie hatte die ganze Sache schon fast vergessen, als sie Ende September benachrichtigt wurde, dass am 5. Oktober auf dem Dortmunder Hauptfriedhof gedreht würde.

**

Paul schaute auf das Grab seiner Mutter. Nun war sie also doch gestorben, ohne dass er hatte dabei sein können. Aber was hätte das schon geändert? Sie hätten sich bestimmt nur ein letztes Mal gestritten, wie jedes Mal, wenn sie miteinander gesprochen hatten.

„Lass uns gehen, Paul", hörte er Anja sagen, seine Frau. „Du kannst nicht mehr nachholen, was Du versäumt hast."
„Was willst Du damit sagen? Dass ich mich schlecht um sie gekümmert habe? Dass es meine Schuld ist, dass sie gestorben ist, als ich einen Auslandstermin hatte?" Wutentbrannt stiefelte er zum Parkplatz, die Blumen für seine Mutter immer noch in der Hand. Anja ließ er einfach stehen.

Ines hatte sich hinter der Absperrung an einen Baum gelehnt, von wo aus die Szene gut zu beobachten war. Sie konnte sich ein leichtes Grinsen nicht verkneifen. Wollte er etwa mit den Blumen in der Hand die Szene wieder verlassen?

Er schien seinen Fehler jetzt auch bemerkt zu haben und winkte zum Kamerateam herüber.
„Stop! Das ganze nochmal. Ich hab vergessen, die Blumen aufs Grab zu werfen."
Im selben Moment entdeckte er sie.

„Wir machen eine halbe Stunde Pause. Ich hab sowieso noch nicht gefrühstückt.“

Er kam zu ihr herüber. „Und?“, fragte er gespannt.

„Geht so“, antwortete sie zögernd.

Enttäuschung blitzte in seinem Gesicht auf, aber er fasste sich sofort.

„Trinken Sie einen Kaffee mit mir? Gleich hier um die Ecke gibt´s ein nettes Café.“

Sie nickte. „Okay. Wenn´s nicht zu lange dauert.“

Er bestellte sich ein belegtes Brötchen, sie ließ es bei einer Tasse Kaffee bewenden.

„Was heißt denn „geht so“?“, hakte er nach.

Einen Moment lang suchte sie nach Worten, die ihr Unwohlsein erklärten, das sie bei der Szene empfunden hatte.

„Ich hab mir das ganz anders gedacht. Ich meine, seine Mutter ist gestorben. Er ist traurig und nach der langen Zeit ihrer Pflege vor allem müde. Für so einen Wutausbruch hat er doch gar nicht die Kraft.“

Er sah sie verständnislos an.

„Nein, ganz im Gegenteil. Gerade weil er traurig ist, ist er besonders leicht verletzlich. Deshalb versteht er die Bemerkung seiner Frau ja auch direkt als Angriff und rastet aus.“

Sie schüttelte enttäuscht den Kopf.

„Genau das habe ich befürchtet", sagte sie nach einer kleinen Pause.

„Was?", fragte er gereizt.

„Sie spielen die Geschichte ganz anders als ich sie mir gedacht habe. Wenn ich mir vorstelle, dass das so weiter geht, wird dieser Film schließlich bis auf den Titel mit meinem Buch ziemlich wenig zu tun haben."

Ihre Kritik verletzte ihn, da es ihm gerade darauf ankam, das Buch ziemlich genau zu treffen. Abwehrend verschränkte er die Arme vor der Brust.

„Jetzt seien Sie mal fair. Wir sind gerade am Anfang des Drehs. Sie können doch noch gar nichts über den Film sagen."

„Na ja, wenn schon der Anfang nicht stimmt..."

Sie trank mit einem Schluck den Rest ihrer Tasse leer.

„Ich habe jedenfalls genug gesehen. Auf Wiedersehen."

Damit verließ sie ohne weiteres das Café.

Er sah ihr kurz nach und zuckte mit den Schultern. Sollte sie doch denken, was sie wollte. Dann würde er die Geschichte eben nach seinen Vorstellungen drehen. So, wie er sie verstanden hatte. Und sie hatte das hinzunehmen.

Schließlich hatte sie seinem Produzenten die Filmrechte verkauft. Ein Mitspracherecht war in dem Vertrag nicht enthalten. Dass sie bei den Proben dabei sein durfte, war schließlich eine reine Nettigkeit von ihm und seinem Produzenten und war nirgendwo im Vertrag schriftlich festgehalten. Sollte sie doch bleiben, wo der Pfeffer wächst.

**

„Na, wie war´s?" begrüßte sie Karl, ihr Mann, als sie nach Hause kam.
Normalerweise arbeitete er um diese Zeit. Er war Sachbearbeiter in einer Computerfirma, hatte heute aber einen freien Tag und saß noch beim Frühstück in der Küche.
„Scheußlich. Genau, wie ich es befürchtet hatte. Der Typ hat eine ganz andere Vorstellung von der Geschichte als ich."
Er sah sie überrascht an.
„Ist das nicht ein bisschen voreilig? Heute war doch erst Drehbeginn."
Sie setzte sich zu ihm an den Tisch.
„So ähnlich hat er das auch gesagt. Aber ich habe das Gefühl, dass ich einen großen Fehler gemacht habe, als ich den Vertrag unterschrieben habe."
„Dann versuch doch, da wieder herauszukommen", meinte er leichthin.

Sie sah ihn ungläubig an.

„Ich kann ja schlecht zum Produzenten gehen und ihm sagen, ich habe jetzt keine Lust mehr."

„Nein", erwiderte er, „ich dachte eher, Du besuchst mal unseren Rechtsanwalt und fragst ihn ganz unverbindlich, ob es eine Möglichkeit gibt, vom Vertrag zurückzutreten."

Begeistert sprang sie auf.

„Du bist ein Schatz! Warum bin ich da nicht gleich selbst drauf gekommen! Ich werde das umgehend in Angriff nehmen."

Sie ging zum Telefon.

„Ja, wenn Sie sofort vorbeikommen würden, könnte ich mir die Sache mal anschauen", meinte der Anwalt.

Sie war erleichtert.

„Okay, bis gleich also."

Dann packte sie den Vertrag ein und machte sich auf den Weg zum Anwaltsbüro, das sich nur ein paar Straßen weiter befand.

„Das sieht nicht gut aus", meinte der Anwalt nach kurzer Durchsicht ihrer Papiere, „so ohne weiteres können sie nicht zurücktreten. Es sind sicherlich mittlerweile jede Menge Kosten entstanden, die Sie begleichen müssten, mal ganz abgesehen von dem entgangenen Gewinn, falls

der Film nicht fertig wird. Es gibt höchstens die Möglichkeit, einen anderen Titel als ihren Buchtitel für den Film zu erzwingen und den Zusatz „frei nach dem Roman von". Mehr ist leider nicht drin."
Besser als gar nichts, fand sie.
„Dann veranlassen Sie das bitte. So kann ich wenigstens ausdrücken, dass mein Buch mit dem Film nicht viel zu tun hat."

Der Anwalt griff zum Stift und machte sich eine Notiz.
„In Ordnung, Frau Siebrecht."
Zufrieden verabschiedete sie sich und nahm sich auf dem Nachhauseweg vor, die Angelegenheit damit als erledigt anzusehen.

Daraus wurde allerdings nichts. Schon ein paar Tage später klingelte das Telefon. Ihre Tochter Lena ging dran.
„Mama, für Dich. Ein Herr Fink."
Sie nahm das mobile Gerät entgegen und verschwand damit in der Küche.
„Oh, verstehe, höchst geheim", grinste Lena.
Sie warf der Tochter noch einen warnenden Blick zu, ehe sie die Tür hinter sich zuzog.
„Was wollen Sie?" begann sie das Gespräch unwirsch.

Der Schauspieler kam sofort zur Sache.

„Was bilden Sie sich eigentlich ein? Da sehen sie eine erste Szene vom Film und schon steht für sie fest, dass ich ihr Buch verunglimpfe."

„Manchmal kann man so etwas eben sofort erkennen", entgegnete sie kühl. „Außerdem geht es ja gar nicht nur um diese erste Szene. Das, was sie dazu gesagt haben, zeigt mir, dass sie überhaupt kein Gespür dafür haben, was meine Buchfiguren eigentlich bewegt."

„Wenn Sie sich da jetzt schon so sicher sind, warum haben Sie meinem Produzenten dann überhaupt die Filmrechte übertragen?" fragte er scharf.

„Weil ich nach unserem Gespräch im Café tatsächlich gedacht habe, Sie könnten sich auf Grund ihrer eigenen Vergangenheit gut in die Personen einfühlen. Aber da habe ich mich wohl getäuscht", erwiderte sie.

Was sollte er darauf noch sagen? Ihre Meinung schien unverrückbar. Und wenn sie schon zu Drehbeginn so aneinandergerieten, war es wahrscheinlich ohnehin das Beste für beide Seiten, jegliche wie auch immer geartete Zusammenarbeit zu beenden. Er wollte sich nur noch ein letztes Mal versichern, dass sie es mit ihrer Entscheidung wirklich ernst meinte.

„Sie bleiben also dabei: Der Filmtitel muss anders lauten

als ihr Buch und erhält den Zusatz „frei nach der Romanvorlage „Verlorene Zeit" von Ines Siebrecht?"
„Auf jeden Fall", antwortete sie entschlossen.
„Dann halte ich es ab sofort für überflüssig, sie weiter über Drehorte und –termine zu informieren. Als Zuschauerin sind Sie uns ebenfalls nicht mehr willkommen."

Ehe sie darauf noch etwas antworten konnte, hatte er schon aufgelegt. Sie atmete einmal tief durch. Mit so einer ähnlichen Reaktion hatte sie gerechnet. Aber jetzt herrschten wenigstens klare Verhältnisse. Sie hörte, wie die Küchentür geöffnet wurde. Lena stand im Türrahmen.

„Na, Mama, haste mal wieder Tacheles geredet?", feixte sie. „Hoffentlich hat er´s überlebt."
„Na warte, Du Frechdachs", musste sie nun auch grinsen und tat so, als ob sie den Hörer auf ihre Tochter werfen würde.
„Bin schon weg", sagte Lena und verschwand schnell in Richtung Kinderzimmer.

**

Paul hatte einen anstrengenden Arbeitstag gehabt. Wenn er gleich um 19 Uhr zu Hause ankam, würde er die

Betreuerin ablösen, die sich in dieser Zeit um seine Mutter kümmerte. Seine Frau schaffte das nicht alleine, schließlich war auch sie berufstätig und musste sich um ihre beiden Kinder kümmern. Außerdem hatten sich seine Frau und seine Mutter nie gut verstanden. Und wenn er ehrlich war, war seine Beziehung zu ihr auch schon immer durch ständige Streitereien gekennzeichnet gewesen. Das war seit ihrer Pflegebedürftigkeit nicht anders geworden. Im Gegenteil. Sie war eher noch aggressiver geworden. Seine Frau hatte verständlicherweise keine Lust, sich den ständigen Angriffen dieser alten, gebrechlichen Frau auszusetzen. Zumal sie nicht *ihre* Mutter war.

Kaum war er in der Wohnung, hörte er sie schon vom Bett aus rufen.
„Wo warst Du so lange?"
„Mama, ich war arbeiten, wie jeden Wochentag", antwortete er geduldig.
„Arbeiten? So lange? Denk dir mal eine bessere Entschuldigung aus!", keifte sie.
Er wusste, es war besser, jetzt nicht auf sie einzugehen, sonst würden sie noch in einer Stunde streiten. Er hängte seine Jacke an der Garderobe auf.
„Hältst Du es nicht für nötig, mich zu begrüßen?", setzte

sie ihre Attacke fort.

Er schwieg.

„Du musst mir helfen, ich muss mal auf Klo", verlangte sie.

Er hatte noch nicht einmal Frau und Kinder begrüßt, als er sich in ihr Zimmer begab. Anja schaute schon genervt aus der Wohnzimmertür. Die Betreuerin war gerade dabei, die Wohnung zu verlassen. Fragend schaute sie ihn an.

„Ist schon gut, ich mach das schon", antwortete er auf ihre unausgesprochene Frage, „gehen Sie ruhig nach Hause."

Er fasste seine Mutter unter die Arme und versuchte, sie hochzuheben.

„So doch nicht! Du tust mir weh!", schrie sie, „Lass mich sofort los!"

Ehe er es sich versah, hatte sie ihm eine schallende Ohrfeige verpasst. Er schluckte und versuchte es sofort noch einmal. Mit dem schnellen zweiten Versuch hatte seine Mutter wohl nicht gerechnet und so gelang es ihm diesmal, sie aus dem Bett an den Rollator zu hieven.

„Cut!", rief Carsten Fink. „Für heute reicht´s mir!"
Er wischte sich den Schweiß von der Stirn. Diese Rolle
machte ihm mehr zu schaffen, als er es sich ursprünglich
gedacht hatte. Er konnte ja noch verstehen, dass die
Mutter ihrem Sohn die Schuld dafür gab, dass sie nie
wirklich etwas aus ihrem Leben machen konnte, weil sie
ihn als Alleinerziehende ohne jegliche Unterstützung
durchbringen musste und durch ihn immer gebunden
war.
Aber warum war sie so aggressiv? Es gab schließlich viele
Alleinerziehende, die trotz allem ein gutes Verhältnis zu
ihren Kindern hatten. Und was er erst recht nicht
verstehen konnte, war, dass sich Paul noch als
Erwachsener so von ihr unter Druck setzen und sich so
viel von ihr gefallen ließ.
Warum pflegte er diese Frau, die ihn immer nur
abgewiesen hatte und warum konnte er keine klaren
Grenzen setzen?

**

Ines stand in der Küche und kochte. Gleich war es 18 Uhr
und ihr Mann würde nach Hause kommen – mit einem
Bärenhunger, wie immer. Sie seufzte. Es war schon
einige Zeit her, dass sie an ihrem letzten Buch gearbeitet
hatte. Danach hatte sie ihr normaler Alltag wieder voll in

Beschlag genommen. Bücherschreiben, das war ja eigentlich nur ein Nebenjob für sie, ihre persönliche Flucht aus dem Alltag. Ansonsten arbeitete sie halbtags als Bürokauffrau und hatte für den Rest des Tages dafür zu sorgen, dass der dreiköpfige Familienhaushalt funktionierte. Sie spielte also wieder Putzfrau, Haushälterin, Kinderbetreuerin, Freizeitorganisatorin und liebende Gattin. Sie tröstete sich mit dem Gedanken, dass sie sicher bald eine neue Idee für ein Buch haben und eine neue Phantasiereise beginnen würde. Bis dahin musste sie eben durchhalten. Sie hörte, wie sich der Schlüssel im Schloss der Wohnungstür drehte. Ihr Mann kam nach Hause.

„Hallo Karl!" hörte sie sich sagen, „wie war Dein Tag?"
„Ach, geht so", antwortete er, „bis auf die Tatsache, dass die neue Software überhaupt nicht funktioniert, war es o.k. Aber ich will Dich jetzt nicht mit technischen Details belasten."
Er schaute in die Küche.
„Was gibt´s zu essen?"
„Spaghetti Bolognese", rief sie ihm durch den Lärm der Dunstabzugshaube hindurch zu.
„Schon wieder?", fragte er genervt.
„Wieso? Seit dem letzten Mal sind es doch schon zwei

Wochen her und du weißt, wie gerne Lena das isst",
verteidigte sie sich.

„Mir wär´s lieber, Du würdest alle zwei Wochen *mein*
Lieblingsgericht kochen", maulte er.

**

Als Carsten von diesem Drehtag nach Hause kam, fühlte
er sich völlig erschlagen. Vielleicht hatte Ines Siebrecht
ja Recht, und er verstand gar nicht, wie ihre Buchfiguren
tickten. Jetzt würde er gerne mit ihr darüber reden, aber
nach ihrem letzten Gespräch konnte er nicht gerade mit
Verständnis und Entgegenkommen rechnen. Er bereute,
dass er so hart reagiert hatte. Würde er sich nicht
ähnlich verhalten, wenn er das Gefühl hätte, dass eine
eigene Geschichte anders interpretiert wird, als er selbst
sich das gedacht hatte?

Er spürte, dass er die Geschichte nur dann möglichst nah
am Buch spielen konnte, wenn er Ines hin und wieder
zum Hintergrund einzelner Szenen befragen könnte. Er
stöhnte leise auf. Er hasste es, lieb und nett zu
jemandem zu sein, um ein bestimmtes Ziel erreichen zu
können. Er wollte sich lieber immer so benehmen, wie er
sich gerade fühlte. Aber in diesem Fall war das eine wohl
nicht ohne das andere zu haben. Er griff zum

Telefonhörer und wählte ihre Nummer.

„Siebrecht", ertönte es vom anderen Ende.

„Frau Siebrecht, Fink am Apparat. Ich wollte mich bei Ihnen für meine grobe Reaktion entschuldigen. - Und natürlich können Sie auch weiterhin zum Drehort kommen, wenn sie mögen."

Ines war überrascht, dass sich der Schauspieler noch einmal meldete und auch überrascht von seinem Angebot. Einen Moment lang verschlug es ihr die Sprache. Dann antwortete sie zögernd: „Eigentlich wollte ich mit dem Film nichts mehr zu tun haben. Sie drehen ihn so, wie Sie wollen und ich muss mich nicht mehr unnötig aufregen."

Carsten hatte schon mit einer derartigen Antwort gerechnet.

„Ich will den Film aber gar nicht nach meinen Vorstellungen drehen. Ich möchte, dass er möglichst nah an das herankommt, was Sie sich darunter vorgestellt haben. Ich war von dem Buch fasziniert und ich denke, dass das nur ein faszinierender Film wird, wenn Sie ihn auch gut finden. – Geben Sie mir noch eine Chance, Frau Siebrecht. - Wie wär's, wenn wir uns Morgen vor dem Dreh um 11 Uhr im Westfalenpark treffen würden? Die Dreharbeiten finden ab 13 Uhr ganz in der Nähe statt. Wir hätten also genug Zeit."

Vom anderen Ende der Leitung war kein Ton zu hören. Er dachte schon, sie hätte aufgelegt, als er schließlich „Okay" hörte und danach das Klicken des Hörers. Erleichtert atmete er auf. Das war zwar keine echte Versöhnung, aber zumindest wollte sie kommen. Alles Weitere würde man sehen.

**

Also am Samstag um 11 Uhr im Park. Wollte sie sich ernsthaft das Wochenende ruinieren? Sie wusste wirklich nicht, warum sie zugesagt hatte.

„Karl", informierte sie ihren Mann, „morgen treffe ich mich noch mal mit dem Typen vom Film. Er möchte noch ein paar Infos zu meinem Buch haben."

„Ich dachte, der Film wäre für Dich erledigt?", wunderte er sich.

Ja, das hatte sie auch gedacht.

„Ich weiß auch nicht, warum ich zugesagt habe. Aber es schien ihm wichtig zu sein."

Ines war immer für Überraschungen gut und so gab sich Karl mit ihrer Antwort zufrieden.

„Na dann – vergiss aber nicht, dass wir ab 15 Uhr Nachbarschaftsgrillen haben."

Sie nickte.

„Kein Problem. Bis dahin bin ich längst wieder da. Die Salate sind außerdem schon fertig und stehen im Keller.“

**

Kurz vor 11 Uhr war sie am Florianturm, wie verabredet, von Carsten Fink jedoch keine Spur. Sie wollte gerade schon wütend werden, als sie ihn mit flottem Schritt um die Ecke laufen sah.

„Tut mir leid, dass ich so spät bin“, keuchte er, „ich hab´ verschlafen.“

Schauspieler eben, dachte sie verächtlich und war sich sofort bewusst, dass sie gerade in die Mottenkiste der Vorurteile griff. Schließlich gab es jede Menge Langschläfer.

„Gehen wir zum Buschmühlenteich?“, fragte er.

„Ja, warum nicht.“

Ihr war es egal, wohin sie liefen. Sie kannte den Westfalenpark ohnehin in- und auswendig. Hauptsache ein bisschen Bewegung. Beim Gehen konnte man sich ungezwungener unterhalten und auch eventuelle Redepausen waren nicht so peinlich – man hatte ja etwas zu tun. Es störte sie daher auch nicht weiter, dass sie schweigend den Parkweg entlang spazierten. Als Carsten jedoch auch nach einer ganzen Weile noch beharrlich weiterschwieg, wurde ihr die Sache zu dumm. Sie war schließlich nicht zum Spazierengehen hier.

„Also, was wollten Sie wissen?", fragte sie ihn ungeduldig.

Carsten war es recht, dass sie das Gespräch begann und auch sofort zur Sache kam. Er hatte nämlich gehofft, dass sein Schweigen sie dazu bringen würde und war froh, dass es geklappt hatte. Unangenehmes brachte er immer gerne direkt hinter sich und die Inanspruchnahme ihrer Hilfe gehörte dazu. Außerdem hatte er nicht gewusst, wie er das Gespräch anfangen sollte. Schließlich war es ihr erstes Treffen nach der heftigen Auseinandersetzung am Telefon.

„Um es kurz zu machen: Ich verstehe nicht, warum der Paul aus ihrem Buch sich alles von seiner Mutter gefallen lässt. Ich meine, sie schlägt ihn ja sogar und er tut so, als ob nichts gewesen wäre."

Sie sah ihn schräg von der Seite an.

„Und das verstehen Sie nicht, trotz ihrer eigenen Vergangenheit?"

Er stutzte.

„Wieso? Mein Vater hat mich niemals geschlagen."

Sie wies stumm auf eine Parkbank und sie setzten sich.

„Nein, das meine ich auch nicht. Aber nachdem ihr Vater den Kontakt zu Ihnen abgebrochen hat, haben Sie nie

das Gefühl verloren, dass Sie daran schuld sind. So
haben Sie es mir jedenfalls erzählt."

Er sah sie verwundert an.

„Das ist doch etwas ganz anderes."

„Nein", widersprach sie ruhig, „eigentlich nicht. Sie
fühlen sich daran schuldig, dass Ihr Vater sich nicht mehr
blicken lässt. Und eigentlich wollen Sie das tief in Ihrem
Herzen immer noch ändern. - Paul ist von seiner Mutter
nie geliebt worden und das will auch er als Erwachsener
immer noch ändern."

Sie stockte, schien nach Worten zu suchen.

„Ich glaube, tief in unserem Herzen verlieren wir niemals
den Wunsch, unsere Kindheit zu „reparieren" –
jedenfalls wenn es uns an irgendetwas Wichtigem
gefehlt hat. – Und manchmal gelingt solch eine
Reparatur sogar. "

Sie sah ihn nachdenklich an.

„Haben Sie noch nie daran gedacht, so einen
Reparaturversuch bei Ihrem Vater zu unternehmen?"

Er schüttelte stumm den Kopf.

Sie stand auf und strich Ihren Mantel glatt, der vom
Sitzen leicht zerknittert war.

„Lassen Sie sich nicht zu viel Zeit damit. Eltern leben nun
einmal nicht ewig."

Ohne seine Reaktion abzuwarten, fuhr sie fort: „War das Ihre einzige Frage?"

Es war klar, dass sie das Gespräch beenden wollte.

Er zögerte, in Gedanken immer noch mit ihren Sätzen beschäftigt. „Ja – im Moment ja."

Dann fasste er sich ein Herz.

„Es wäre schön, wenn Sie uns wieder regelmäßig am Set besuchen würden. Ich hätte dann einfach ein besseres Gefühl bei den Dreharbeiten."

Er zog einen Zettel aus der Tasche, auf dem die weiteren Drehorte und –termine verzeichnet waren. Sie sah ihn überrascht an, nahm aber den Zettel.

„Ich werde es mir überlegen", sagte sie.

**

„Paul", sagte seine Mutter, „ Du bist jetzt schon fünf Jahre alt, also ein großer Junge. Deine Mutter trifft sich heute Abend mit einem Freund. Ich bring Dich gleich ins Bett und da bleibst Du bis ich wieder komme. Du schläfst schön, in Ordnung?"

„Ja, Mama", sagte Paul und sah sie ängstlich an.

Seine Mutter war in Eile. Schnell hatte sie ihn ausgezogen, die Zähne geputzt und ins Bett gelegt. Dann hörte er auch bereits, wie sich der Schlüssel im Schloss drehte. Sie war weg. Die Wohnung war ganz leer und dunkel. Angst stieg in ihm hoch. Wenn es in der Wohnung so ruhig war, hörte man alle möglichen Geräusche. Irgendwo lief der Fernseher, Wasser rauschte. Schritte waren zu hören – ging da nicht jemand durch ihre Wohnung? Jetzt konnte er die Schritte ganz deutlich hören. Paul fing an zu weinen. Er kletterte aus dem Bett und lief ziellos umher. Niemand war zu sehen. „Mama!", rief er unter Tränen, aber seine Mutter kam nicht; sie war ja gar nicht da.

Verzweifelt setzte er sich vor die Haustür und wimmerte vor sich hin. Schließlich fiel er in einen unruhigen Schlaf. Als seine Mutter am anderen Morgen die Tür öffnen wollte, spürte sie einen starken Widerstand. Sie musste kräftig drücken, um sie aufzubekommen. Paul lag direkt hinter der Tür.

„Was machst Du denn hier?", schimpfte sie. „Ich hatte doch ausdrücklich gesagt, dass Du im Bett bleiben sollst."

Sie hob ihn hoch. Er roch nach Urin. Jetzt platzte ihr der Kragen. „Kann man Dich nicht einmal alleine lassen? Schon krabbelst Du aus dem Bett und machst Dir in die Hosen wie ein Einjähriger!"

Paul hörte, wie ihre Stimme ganz hoch und kreischend wurde. Schützend hob er die Hände vor das Gesicht, weil er wusste, was das zu bedeuten hatte. Aber sie riss ihm die Hände weg und gab ihm ein paar saftige Ohrfeigen.

**

Ines saß auf einer der hinteren Zuschauerbänke der Studiobühne und wollte gerade gehen, als sie seine Stimme hörte.
„Tut mir leid, aber heute früh war ein Rückblick auf Pauls Kindheit dran, ich bin erst wieder heute Nachmittag dabei."
Sie drehte sich um und sah direkt in seine Augen.
„Tja, heute Nachmittag habe ich keine Zeit, Herr Fink", erwiderte sie.
„Schade", meinte er, „aber wenn Sie schon mal da sind, könnte ich Ihnen vielleicht ein paar von den Studioräumen zeigen?"
„Gerne."
Sie folgte ihm hinter die Bühne. Einige Räume waren verschlossen, andere standen auf.
„Dürfen wir denn hier so einfach herein gehen?", fragte sie skeptisch.
„Ich zeige Ihnen nur die Räume von ein paar guten Freunden, von denen ich sicher bin, dass ich ihr

Einverständnis bekommen würde", meinte er.

In jedem Raum befanden sich ein Spiegel und davor eine Ablage mit einem Stuhl, an einer Seitenwand hinter der Tür die Garderobe. Manche waren kahl bis auf ein paar Kostüme, die anscheinend in Eile über den Stuhl geworfen worden waren. Andere waren voll mit Zeitschriften. In einem dritten stand ein dickes, rotes Plüschsofa in der Ecke.

„So, nun kommt der letzte Raum", kündigte er an.

„Seien Sie nicht zu hart mit Ihrem Urteil, denn es ist mein Raum."

Ein paar Zeitschriften waren auf der Ablage vor dem Spiegel verteilt, daneben stand eine Kaffeetasse und ein kleines Bild, auf dem Carsten Fink mit einer Frau und zwei kleinen Kindern zu erkennen war, die höchstens im Grundschulalter waren.

„Ihre Frau und ihre Kinder?", fragte sie.

Er nickte.

Sie sah sich das Bild genauer an. „Sie tun mir leid."

Er sah sie verständnislos an.

„Ich meine nicht Sie, sondern Ihre Frau und Ihre Kinder."

Ihre Stimme klang plötzlich kalt.

„Wieso?", fragte er verwirrt.

„Die drei sind sicherlich viel allein, so oft wie Sie zu Dreharbeiten unterwegs sind."

„Schon möglich", antwortete er ausweichend.

Er hatte eigentlich keine Lust, mit ihr über seine Familie zu sprechen.

Aber sie ließ nicht locker.

„Glauben Sie nicht, dass sie Sie vermissen?"

Er zuckte mit den Schultern.

„Sie kommen ganz gut ohne mich klar, denke ich."

Ines runzelte ungläubig die Stirn.

„Das können Sie jetzt nicht im Ernst meinen. Merken Sie denn nicht, dass Sie dabei sind, Ihren Vater zu kopieren? Haben Sie noch nie davon gehört, dass Eltern dazu neigen, das Verhalten ihrer eigenen Eltern zu wiederholen?"

Er wusste nicht, was er darauf sagen sollte. So hatte er die Sache noch nie gesehen.

Sie nahm das Bild in die Hand und betrachtete noch einmal eingehend seine Frau und Kinder.

Als sie es zurück stellte, meinte sie bedauernd: „Schade, noch ein paar vaterlose Kinder mehr."

Er spürte, wie Wut in ihm aufstieg. Mit welchem Recht verurteilte sie eigentlich sein Privatleben?

„Unsinn! Mein Verhalten kann man doch gar nicht mit dem meines Vaters vergleichen! Ich liebe meine Kinder und wenn ich zu Hause bin, unternehme ich jede Menge mit Ihnen!"

Sie lachte kurz auf. Aber es war kein freundliches Lachen.

„Ja – *wenn* Sie mal zu Hause sind…wirkliche Verantwortung für eine Familie sieht anders aus."

„Jetzt reicht´s aber!", fuhr er sie an.

Was bildete sie sich eigentlich ein? Sie kannte sein Alltagsleben doch gar nicht.

„Wir sind alle glücklich mit unserem Leben."

Spöttisch verzog sie die Mundwinkel.

„Ach ja? Sind Sie sich da so sicher?"

Er stöhnte leise auf.

„Warum müssen wir uns eigentlich immer streiten, wenn wir ein paar Minuten zusammen sind?", fragte er leise.

Sie zuckte mit den Schultern.

„Lassen Sie uns etwas anderes ansehen", schlug er vor.

„Ich könnte Ihnen noch die Maske zeigen, sie ist gleich zwei Zimmer weiter."

Sie betraten einen großen hellen Raum, vollgestopft mit Schminkutensilien. Auf einem Stuhl saß eine etwa 40jährige Frau mit einer Tasse Kaffee in der Hand.

Carsten Fink nickte ihr freundlich zu.

„Das ist Daniela. Sie sorgt für unsere perfekte Schminke."

Daniela lächelte.

„Ich habe Dir mal Besuch mitgebracht, Daniela. Das ist Ines Siebrecht, die Autorin des Buchs, nach dem wir gerade den Film drehen", stellte er sie vor.

„Was meinen Sie, haben Sie Lust, einmal von mir geschminkt zu werden?", fragte Daniela Ines.

Ines war begeistert. „Ja, das wäre toll."

„Haben Sie da eine bestimmte Vorstellung?"

Ines überlegte einen Moment.

„Ich würde gerne als Pauls Mutter geschminkt werden."

Daniela lächelte.

„Kein Problem."

Carsten Fink dagegen zog erstaunt die Augenbrauen hoch.

Daniela wirbelte in verschiedenen Schminktöpfchen herum, tupfte hier und dort, korrigierte wieder, tupfte erneut. Es nahm schier kein Ende. Ines wurde schon ungeduldig, als Daniela endlich „Fertig!" rief.

Ines betrachtete das Ergebnis zufrieden im Spiegel.

„Perfekt!", lobte sie Daniela. „Vielen Dank!"

„Gerne", erwiderte Daniela freundlich.

„Jetzt möchte ich natürlich auch ein bisschen die Rolle spielen", meinte Ines zu Carsten Fink.

„Das hatte ich schon befürchtet", seufzte er.

Er hatte eigentlich keine Lust auf Laienschauspiel.

Aber da sie anscheinend so viel Wert darauf legte, wollte er sie nicht enttäuschen.

„Meinen Sie, irgendwo ist ein Raum zum Proben frei?", fragte sie ihn.

Carsten überlegte einen Moment. „Wir können leider nur wieder in meinen Raum gehen."

„Welche Szene möchten Sie spielen?", wollte er wissen und zog die Tür hinter sich zu.

„Die vorletzte Szene", antwortete sie ohne zu zögern.

„Als Paul und seine Mutter das letzte Mal miteinander reden, bevor er seine Auslandsreise antritt, während der sie stirbt?", vergewisserte er sich.

Sie nickte.

„Na, denn mal los. – Ich hoffe, Sie verzeihen mir, dass ich ungeschminkt spiele?"

Er grinste. Der ironische Unterton in seiner Stimme war nicht zu überhören. Aber sie ignorierte es.

„Kein Problem", meinte sie ernst und forderte ihn mit einer Handbewegung auf, den Anfang zu machen.

**

Es war 20 Uhr. Paul hatte seine Mutter ins Bett gebracht. Er war schon dabei den Raum zu verlassen, als er ihr noch mitteilte: „Ab Morgen bin ich für eine Woche in Holland, geschäftlich. Dann werden sich Deine Betreuerin und Anja um Dich kümmern, okay?"

„Nein, das ist überhaupt nicht okay", knurrte sie. „Weil ich nämlich genau in dieser Woche sterben werde."

Paul drehte sich langsam zu ihr um und lehnte sich müde an die Zimmertür. „Ach, Mama, das sagst Du jedes Mal, wenn ich für ein paar Tage verreise."
Sie schaute ihm fest ins Gesicht.
„Und Du nimmst mich niemals ernst. Aber dieses Mal ist es ernst." Er wich ihrem Blick aus.
Sie schwieg eine Weile. „Vielleicht ist es ja auch besser, wenn ich alleine gehe."
Fragend sah er sie an.
„Du weißt genauso gut wie ich, dass wir uns niemals wirklich nahe waren. Wir lebten zusammen wie zwei Fremde unter einem Dach. Nicht Deine Schuld, ich weiß, aber irgendwie auch nicht meine Schuld. Ich wollte Dich nicht haben, das Leben hat Dich mir aufgezwungen. Pech für Dich, aber auch Pech für mich. Ich habe Dich niemals gemocht, geschweige denn geliebt. Du warst mir einfach gleichgültig. Und das wird sich wohl bis zu meinem Tod nicht ändern - ich bin nicht naiv, dazu bleibt mir auch gar keine Zeit mehr. Bilde Dir also ja nicht ein, dass es noch zur großen Versöhnungsszene kommt. Ich verabscheue Gefühlsduselei. Aber ich möchte, dass Du weißt, warum ich Dich überhaupt bekommen habe und

warum ich Dich nie geliebt habe. Vielleicht kannst du mich dann verstehen. Das würde mich irgendwie ruhiger gehen lassen. Ich erwarte nicht, dass Du mir verzeihst. Das wäre wohl zu viel verlangt. Aber es wäre schön, wenn Du mich nach meinem Tode nicht hassen würdest."

Sie machte eine kleine Pause, schien selbst überrascht über ihre letzten Worte „Ich weiß auch nicht, warum mir das jetzt auf einmal so wichtig ist. - Vielleicht werde ich auf meine letzten Tage doch noch alterssentimental." Sie richtete sich mühsam in ihrem Bett auf und er stopfte ihr noch ein Kissen in den Rücken, damit sie besser sitzen konnte. Dann zog er einen Stuhl neben ihren dicken roten Plüschsessel an ihr Bett und setzte sich ebenfalls.

„Weißt Du, Dein Vater war nur eine flüchtige Bekanntschaft. Wir trafen uns ab und zu und hatten Spaß zusammen. Weder er noch ich meinten es ernst. Als ich ihm sagte, dass ich von ihm schwanger sei, meinte er nur, dass dann ja das Vergnügen wohl vorbei sei und ich zusehen müsste, wie ich mit dem Kind fertig würde. Das war das letzte Mal, dass ich ihn gesehen habe. Aber ich war nicht traurig darüber. Ich hatte nichts anderes von ihm erwartet. Und ich freute mich auf das

Kind. Mutter sein, das stellte ich mir ganz toll vor. Jemanden zu haben, der nur ganz allein mir gehörte. Meine Familie war nicht begeistert über meine Schwangerschaft und meinte, ich solle mir ja nicht einbilden, dass jemand von ihnen für das Kleine den Babysitter spielen würde. Am Anfang der Schwangerschaft lebte ich so weiter, wie ich immer gelebt hatte. Ich arbeitete und in meiner Freizeit ging ich mit Freunden aus. Übel war mir glücklicherweise so gut wie gar nicht. Aber mit zunehmendem Gewicht wurde ich immer unbeweglicher. Ans Ausgehen war schließlich nicht mehr zu denken.

Kurz vor dem Mutterschaftsurlaub fragte mich mein Chef, ob ich danach wieder arbeiten würde. Das konnte ich mir nicht vorstellen, denn wer hätte auf das Kind aufpassen sollen. Also erhielt ich kurz darauf meine Kündigung zum Ende des Mutterschutzes.

Und dann kam der Tag Deiner Geburt. Mitten in der Nacht setzten die Wehen ein und ließen mich aus dem Bett fahren. Ich griff zum vorbereiteten Koffer und rief ein Taxi. Die Schmerzen waren unerträglich und die Geburt wollte nicht recht voran gehen. Nach 16 Stunden kam ich endlich in den Kreißsaal, wo ich noch einmal eine ganze Stunde leiden musste. Ich betete während der ganzen Zeit: „Herr, lass es endlich vorbei sein. Lass diese Schmerzen endlich vorbei sein." Irgendwann spürte ich, wie Du meinen Körper verließt und ich war nur froh, dass ich es geschafft hatte. Ich wünschte mir nichts als Ruhe. Die Ärzte zeigten mir kurz das Kind und teilten mir mit, dass ich einen gesunden Jungen geboren hätte. Dann rollten sie mich im Krankenbett auf mein Zimmer. Ich wollte schlafen, aber ich konnte nicht. Schon bald brachte Dich die Schwester zum Stillen zu mir ans Bett. Ich spürte Dein Saugen und fühlte, wie die wenige Kraft, die mir nach der anstrengenden Geburt noch geblieben war, aus mir herausfloss. Ich war froh, als Dich die Schwester wieder mitnahm.

Nach ein paar Tagen schickte man mich mit Dir nach Hause. Ich war noch ziemlich erschöpft und außerdem schmerzte die Wunde noch sehr, die Du mir durch die Geburt gerissen hattest und die sie im Krankenhaus genäht hatten. Ich musste täglich Sitzbäder machen, jeweils eine Viertelstunde lang. Während der Zeit packte ich Dich in eine Babywippe und stellte Dich neben die Badewanne. Du schriest ohne Ende. Auch sonst kam ich kaum zur Ruhe. Du wolltest gefüttert und gewickelt werden und außerdem hattest Du Bauchkoliken, so sagte es mir jedenfalls die Hebamme. Du schriest die Hälfte des Tages. Durch das Stillen entzündete sich meine Brust und ich bekam Fieber. Ich fühlte, wie Du mich immer schwächer machtest. Und dann immer dieses Geschreie, vor allem nachts. Ich hatte zum ersten Mal das Gefühl, dass ich mich gegen Dich wehren müsste, um selbst wieder zu Kräften zu kommen. Der Hebamme gab ich Bescheid, dass ich abstillen wollte. Ich wollte nicht weiter von Dir ausgezehrt werden. Das Füttern mit der Flasche brachte mir dann etwas Erleichterung. Aber ich war immer noch völlig erschöpft.

Ich erinnere mich noch an einen besonders schlimmen Tag. Ich hatte fast die ganze Nacht lang nicht geschlafen und Du schriest auch tagsüber weiter. Irgendwann bist Du dann auf meinem Arm eingeschlafen. Da lagst Du nun, ganz ruhig, und ich spürte eine unendliche Last auf meinem Arm und das Verlangen, diese Last loszuwerden. Ich strich mit einer Hand über Deinen Hals. Sie umfasste diesen kleinen, kleinen Hals. Wie einfach es wäre, jetzt zuzudrücken. Ich könnte endlich wieder zu Kräften kommen, könnte wieder ein unbeschwertes Leben führen, wie früher. Ich verstärkte den Druck meiner Hand an Deinem Hals, Du bewegtest Dich unruhig. „Tu es! Tu es!", dröhnte es in meinem Kopf. Da hast Du die Augen aufgeschlagen und lächeltest mich an, zum ersten Mal seit Deiner Geburt. Meine Hand ließ Deinen Hals los und ich musste weinen.

Deinem Leben ein Ende zu setzen ist mir seitdem nicht mehr in den Sinn gekommen. Aber das Gefühl, dass Du mir meine Lebenskraft raubst und ich mich vor Dir schützen muss, blieb. Ich begann Dich zu hassen. Später wurde aus dem Hass dann einfach Gleichgültigkeit. Und daran hat sich bis heute nichts geändert."

Sie wandte den Blick von ihm ab und sah für einen kurzen Moment aus dem Fenster.

„Geh´ jetzt", befahl sie ihm eindringlich. „Ich habe Dir nichts mehr zu sagen."

Paul saß wie erstarrt vor ihrem Bett und schaute sie fassungslos an.

Sie drehte sich ihm wieder zu und blickte ihm direkt in die Augen, mit diesem eiskalten Blick, der ihn schon immer hatte erschauern lassen.

„Geh´!" befahl sie ihm noch einmal streng.

Er löste sich aus seiner Erstarrung, stand auf und ging zur Tür.

**

Carsten Fink setzte sich wieder auf den Stuhl, der immer noch vor dem Bett von Pauls Mutter stand, und schwieg eine Weile.

„Der ganze letzte Teil steht nicht im Drehbuch", sagte er leise.

Ines schaute auf. Für den Bruchteil einer Sekunde traf ihn noch einmal jener eiskalte Blick, den sie gerade in der Rolle von Pauls Mutter hatte. Dann lächelte sie und es war, als käme sie wieder in die Wirklichkeit zurück.

„Ich weiß. Aber vielleicht verstehen Sie jetzt besser Pauls Mutter."

„Ja, ich glaube schon", sagte er zögernd und nach einer kleinen Pause: „Sie haben wirklich hervorragend gespielt. Haben Sie mal Schauspielunterricht genommen?"

Sie lachte leise auf.

„Nein. Außerdem ist es nicht schwer für jemanden, der schon einmal eine Schwangerschaftsdepression gehabt hat, sich in die Rolle von Pauls Mutter hineinzudenken."

Sie sagte das so leicht dahin, als würde sie gerade von einer abgeklungenen Erkältung erzählen.

„Jedenfalls denke ich, dass Sie nun allein mit Ihrer Rolle klar kommen. Sie haben genug gesehen und gehört, um zu verstehen. Ich werde bei den Dreharbeiten nicht mehr dabei sein."

Sie wandte sich zur Tür.

„Aber *Sie* lieben Ihre Tochter doch, oder?", rief er ihr nach.

Sie drehte sich amüsiert um.

„Natürlich. Unsere kleine Szene gerade war doch nur

ein Spiel, ein Schau*spiel*. Muss ich Ihnen etwa jetzt den Unterschied zwischen Fiktion und Realität erklären?"
„Nein, sicher nicht", antwortete er, kurz aus der Fassung gebracht.

Hatte sie die Szene tatsächlich so gut gespielt, ohne ähnliche Gefühle gehabt zu haben wie Pauls Mutter? Er besann sich einen Augenblick und verließ sich dann auf seinen gesunden Menschenverstand.
„Sie haben Ihre Tochter genauso abgelehnt während ihrer Depressionen wie Pauls Mutter ihren Sohn, nicht wahr?"

Sie hatte den Raum schon fast verlassen, als seine Worte sie in ihrer Bewegung innehalten ließen. Einen Moment lang zögerte sie, dann drehte sie sich langsam wieder um und sah ihm unschlüssig ins Gesicht. Er spürte, dass sie überlegte, wie viel sie ihm von ihrer Wahrheit preisgeben konnte. Schließlich setzte sie sich auf den roten Sessel.
„Ja, das stimmt", sagte sie müde. „Jetzt halten Sie mich wahrscheinlich für ein Monster, genau so wie Sie Pauls Mutter für ein Monster halten, nicht wahr?"
Der aggressive Unterton in ihrer Stimme war nicht zu überhören.

„Nein, wie könnte ich?", entgegnete er ruhig. „Ich war nie in einer solchen Ausnahmesituation. Wie sollte ich mir dann ein Urteil anmaßen?"

Er sah, wie sich ihre Augen mit Tränen füllten, die sie aus den Augenwinkeln zu wischen versuchte.

„Das schlimmste daran ist, dass man sich nicht dagegen wehren kann", sagte sie leise. „Man sagt sich immer, dass man sein Kind lieben muss, man ist doch die Mutter. Aber so sehr ich mich auch bemüht habe, es wollte mir nicht gelingen. Das macht wütend. Wütend auf sich selbst und wütend auf dieses Kind, das so sehr die Liebe einer Mutter begehrt, die unfähig ist, sie ihm zu geben."

Er beugte sich leicht zu ihr vor. Seine Stimme wurde ganz leise. „Aber sie haben den Teufelskreis durchbrochen, nicht wahr? Sie haben es geschafft, sie zu lieben."

Sie lachte bitter auf.

„Sie brauchen wohl unbedingt ein Happy-End? Nein, so ist es nicht. Man hat mir Hormone gegeben, die die akute Depression beendet haben. Aber durch Hormone entsteht keine Liebe. Seitdem kämpfe ich jeden Tag aufs Neue um eine echte Beziehung zu ihr. Manchmal empfinde ich Zärtlichkeit für sie, aber ich weiß nicht, ob das die wirkliche Mutter-Kind-Liebe ist. Ich habe immer das Gefühl, dass ich ihr nicht genug Liebe geben kann. Und ich wünsche mir nichts sehnlicher, als dass sie endlich erwachsen und für sich selbst verantwortlich ist. Ich habe das Gefühl, dass dann eine unendlich große Last von mir genommen würde."

Vorsichtig berührte er ihre Hand. „Wer weiß schon, was wirkliche Mutter-Kind-Liebe ist", sagte er nachdenklich. „Der Kampf um eine wirkliche Beziehung kostet jedenfalls eine Menge Kraft. Und woher sollte diese Kraft kommen, wenn nicht aus der Liebe zu Ihrer Tochter? - Ich bin sicher, dass Ihre Tochter das auch so empfindet."

Nachdenklich sah Ines ihn an, bevor sie wieder aufstand und zur Tür ging.
„Danke", sagte sie schließlich.

Er räusperte sich. So nahe waren sie sich noch nie gekommen. Es schmerzte, dass er diese Nähe schon wieder aufgeben musste. Zumindest wollte er sie möglichst bald wiedersehen.
„Hätten Sie nicht Lust, zur Wrap Party zu kommen?", versuchte er es in einem lockeren Ton.
Sie sah ihn verständnislos an.

„So nennt man die kleine Party, die oft veranstaltet wird, wenn ein Film zu Ende gedreht wurde. Es werden Ausschnitte aus dem Film gezeigt. Die Party findet in 3 Wochen im Nightroom statt, das Lokal hier gleich um die Ecke. Sie sind herzlich eingeladen. Um 21 Uhr geht´s los."

Sie sah nicht gerade begeistert aus.

„Mal sehen."

„Und – sie brauchen sich nicht unbedingt schick zu machen. Da geht´s locker zu", grinste er.

„Sonst stünden die Chancen auch schlecht, dass ich komme", konterte sie mit ihrer altgewohnten Schlagfertigkeit.

Er war erleichtert. Sie hatte sich anscheinend wieder im Griff.

**

„Du Karl, hast Du nicht mal wieder Lust auszugehen?", fragte sie ihren Mann, als sie zu Hause ankam.

Der hatte es sich gerade mit seiner Lieblingszeitschrift auf der Couch im Wohnzimmer bequem gemacht. Nun schaute er interessiert auf. „Gerne, wo soll´s denn hingehen?"

„Es gibt eine kleine Party im Nightroom in 3 Wochen zur Feier des Drehschlusses von „Verlorene Zeit". Carsten

Fink hat mich eingeladen, weil ich die ganze Sache ja so ein bisschen begleitet habe."

„Oh nein, danke", wehrte er ab, „mit den Fritzen von Film und Fernsehen möchte ich wirklich nichts zu tun haben. Mir reicht es schon, wenn wir ab und zu Besuch von Deinen Autorenfreunden haben."

Verärgert runzelte sie die Stirn.

„Stell´ Dich mal nicht so an. Du tust ja gerade so, als ob jedes Buch von mir verfilmt wird. Das hier ist doch die Ausnahme."

„Eben. Und deshalb muss ich auch ausnahmsweise nicht mitkommen", witzelte er.

„Wie Du willst", entgegnete sie kühl. „Aber stöhne nicht nachher über einen langweiligen Abend mit Kinderbetreuung und schlechtem Programm im Fernsehen."

**

Es war nicht schwer gewesen, seine Adresse herauszufinden. Carstens Vater wohnte immer noch dort, wohin er nach seiner Scheidung gezogen war. Es war ein kleines Haus in Potsdam, idyllisch gelegen am Rand eines Waldes. Carsten schluckte. So etwas hatte sich seine Mutter nicht leisten können. Er war in einer kleinen Mietwohnung im eng bebauten

Innenstadtbereich groß geworden. Seine Kindheit hatte nicht über Wald und Wiesen geführt, sondern über Beton und Asphalt. Carsten schlich um das Haus herum wie ein Einbrecher. Ines Worte waren ihm nicht aus dem Kopf gegangen. Dass man manchmal etwas aus seiner Kindheit reparieren könne, was schief gelaufen sei. Und dass seine Zeit dafür bald abgelaufen sei. Aber wie ließ sich eine Kindheit ohne Vater reparieren? Die Zeit ließ sich nicht zurückdrehen, gelebte Zeit ließ sich nicht wiederholen und nach seinen Wünschen korrigieren. Trotzdem hatte er diese Reise in seine Geburtsstadt zu seinem Vater gemacht. Warum eigentlich? Erwartete er, dass sein Vater bedauerte, den Kontakt zu ihm abgebrochen zu haben? Wohl kaum, denn sonst hätte er irgendwann in all diesen Jahren versucht, ihn wiederzusehen. Aber wenn er wider alle Vernunft die Reise hierher gemacht hatte, musste er ihn wenigstens einmal sehen. Alles andere wäre feige. Zaghaft drückte er den Klingelknopf. Er wartete einen Augenblick und war fast erleichtert, dass sich hinter der Tür nichts tat.

Er wollte sich schon umdrehen und gehen, als sie geöffnet wurde. Ein etwa 65jähriger, korpulenter Mann stand im Rahmen. Er wirkte müde, seine mittellangen grauen Haare hatte er mit Gel nach hinten gestrichen. Er trug eine blaue Arbeits-Latzhose, wahrscheinlich werkelte er gerade im Haus herum. So sah sein Vater also heute aus. Er hatte ihn ganz anders in Erinnerung: blonde Haare, jung, schlank, energiegeladen. Natürlich, das waren ja auch Kindheitserinnerungen, die schon fast 30 Jahre alt waren.

Stahlblaue Augen sahen ihn erstaunt an: „Was wollen Sie, bitte?"

Carsten suchte nach Worten. Er war wirklich ein Idiot. Über alle möglichen Dinge hatte er sich den Kopf zerbrochen, aber wie er das Gespräch mit seinem Vater beginnen sollte, darüber hatte er nicht nachgedacht. So stotterte er verlegen herum.

„Ich, ich bin Carsten Fink. Erinnerst Du Dich?"

Er kam sich reichlich lächerlich vor.

Der Mann stutzte, sah ihm aufmerksam ins Gesicht.

„Ach ja?"

Langsam musterte er ihn von oben bis unten. Aber es sah nicht so aus, als ob er ihn wiedererkennen würde.

Hielt er ihn etwa für einen dieser Trickbetrüger? Carsten wurde langsam ungeduldig, da sprach der Alte weiter.

„Nehmen wir mal an, Du bist tatsächlich Carsten Fink. Was willst Du hier, nach all den Jahren? Brauchst Du Geld?"

Carsten verzog enttäuscht das Gesicht.

„Nein, nein", sagte er hastig.

Konnte sich sein Vater nicht vorstellen, dass es einen anderen Grund gab, weshalb er ihn wiedersehen wollte?

„Na, dann ist ja gut", brummte sein Erzeuger sichtlich erleichtert.

Eine Weile lang standen sie sich gegenüber und keiner sagte ein Wort. Dann schien sich sein Vater zu erinnern, dass es die Höflichkeit gebot, einen Besuch ins Haus zu bitten, auch wenn er überraschend kam.

„Möchtest Du hereinkommen?" fragte er, schob aber sofort hinterher: „Also, nur für einen Moment. Ich renoviere gerade das Wohnzimmer und habe wirklich kaum Zeit."

Er wies in Richtung Küche. Carsten setzte sich an den großen runden Tisch. Sein Vater nahm eine Flasche Wasser von der Küchenanrichte und schenkte unaufgefordert Carsten und sich ein Glas ein. Wieder musterte er ihn, dann trank er langsam einen Schluck, bevor er sich zum Sprechen bequemte.

„Tja, was soll ich sagen", begann er das Gespräch. „Meine Frau ist voriges Jahr an Krebs gestorben und unsere Tochter ist schon seit ein paar Jahren aus dem Haus. Also wohne ich jetzt alleine in diesem Kasten. – Wie geht´s übrigens Deiner Mutter?"

Er hörte sich nicht wirklich interessiert an. Vielleicht wollte er auch einfach die Last der Gesprächsführung auf Carsten abwälzen.

Carstens Antwort fiel dementsprechend knapp aus.

„Ganz o.k. für ihre 60 Jahre."

Sein Vater nickte nur mit dem Kopf und nahm noch einen Schluck Wasser. Für seinen Teil schien er genug gesagt zu haben. Carsten wusste auch nicht, worüber er sich noch mit seinem Vater unterhalten konnte und spürte, dass sich sein Vater wünschte, dass er lieber jetzt als gleich wieder ging.

Sollten diese paar kargen Sätze das Ergebnis ihres Wiedersehens sein? Nein, so einfach kam er ihm nicht davon. Er würde wenigstens das fragen, was ihm seit Jahren in der Seele brannte.

„Warum hast Du damals eigentlich den Kontakt zu mir abgebrochen?"

Der Alte sah ihn abschätzig an.

„Du bist eigentlich zu jung dazu, Dein Leben ordnen zu wollen. Aber nun gut, besser zu früh als gar nicht. Die Antwort ist ganz einfach: Ich hatte von Anfang an wenig mit Dir zu tun. Deine Mutter kümmerte sich um alles und ich war als Monteur über längere Zeit gar nicht zu

Hause. Du bist mir irgendwie nie richtig vertraut geworden. Und als ich mich dann von Deiner Mutter getrennt habe, hatte ich nur den Wunsch, von vorne anzufangen. Ich gab den Monteurberuf auf und arbeitete als Elektroinstallateur vor Ort. Und ich war mit Gerda zusammen, einer Frau, die ich wirklich liebte und mit der ich eine Tochter hatte. Zu den beiden hatte ich die innige Beziehung, die ich zu Frau und Kind immer haben wollte. Meine Tochter und ich verstehen uns auch heute noch gut. Warum sollte ich also Zeit in meine alte kaputte Familie investieren – in Menschen, die mir seit vielen Jahren nichts mehr bedeuteten oder eben nie etwas bedeutet haben?"

Carsten und seine Mutter: seine alte kaputte Familie. So war das also für seinen Vater.

„Dazu sah – und sehe ich – keinen Grund", setzte er noch nach. Der Alte sah Carsten herausfordernd an.

Carsten stand wortlos auf. Was sollte er darauf noch sagen? Für seinen Vater war das anscheinend alles ganz einfach. Man gründete eine Familie, sie gefiel einem nicht und dann gründete man eben eine neue. Die alte wurde restlos entsorgt. Ohne sich zu verabschieden verließ er das Haus. Seine Kindheit war vaterlos gewesen. Und nun wusste er, dass auch sein Erwachsenenleben so bleiben würde.

Ziellos streifte er durch die Straßen von Potsdam. Je länger er lief, desto mehr wich die Enttäuschung einer großen Wut. Zu seinem eigenen Erstaunen richtete sie sich aber nicht gegen seinen Vater, sondern gegen Ines. Er hätte sich das alles ersparen können, hätte sie ihm nicht Hoffnung gemacht mit ihrem Gerede, man könne alles reparieren. Nur dadurch hatten alte Wunden wieder angefangen zu schmerzen, hatte er wieder dieses unbändige Verlangen nach der Liebe seines Vaters gehabt, die ihm nun endgültig versagt bleiben würde. Er hatte alles so gut verdrängt und nun tat es wieder so weh.

Er wusste nicht, wie lange er schon so herumgeirrt war, als der Hunger seine Schmerzen überwog. Beim nächsten Imbiss bestellte er sich eine Portion Pommes Frites und ging zu einem der Stehtische. Es war früher Abend und die Straßen waren nicht mehr so belebt. Gedankenlos starrte er ins Leere. „Du bist nicht schuld daran, dass er dich nicht liebt." Plötzlich und ohne Vorwarnung tauchten die Worte in seinem Kopf auf. Tausendmal früher hatte er sie sich schon selber vorgesagt, aber niemals hatte er sie als wirklich wahr empfunden. Doch nun spürte er eine tiefe Gewissheit und es war, als ob eine große Last von seinen Schultern genommen worden war. Nein, die Vaterlosigkeit seines

Lebens ließ sich nicht beenden. Das Leiden daran aber schon.

**

Nun hatte sie sich doch chic gemacht. Ihr azurblaues, ärmelloses Kleid strahlte mit ihren Augen um die Wette und sie hatte sogar die Silberkette mit dem kleinen Delfin-Anhänger umgelegt, ihrem Lieblingsanhänger. Dazu trug sie schwarze Schuhe mit flachem Absatz – sie hasste hochhackige Schuhe.

„Na, lässt Du mich so gehen?" wandte sie sich an ihren Mann.

Er sah sie bewundernd an.

„Eigentlich siehst Du viel zu gut aus. Ich glaube, ich müsste doch mitgehen und Dich gegen flirtende Männer verteidigen."

Sie lachte.

„Das schaffe ich schon selber."

„Ich weiß", meinte er und gab ihr einen Abschiedskuss.

„Viel Spaß heute Abend!", wünschte er ihr noch.

„Ich bin mir noch nicht sicher, ob das so spaßig wird. Auf jeden Fall wird´s wohl spät werden. Also warte nicht auf mich, ja?"

„Keine Sorge. Wenn Du nach Hause kommst, schlafe ich wahrscheinlich schon wie ein Murmeltier."
Er winkte ihr nach, als sie das Haus verließ.

**

Der Besitzer des Nightroom war ein Spanier. Und so war es kein Wunder, dass ein großes Buffet mit spanischen Tapas aufgebaut war. Schon auf den ersten Blick entdeckte sie einige ihrer Lieblingsspeisen: Datteln im Speckmantel und gebackenen Schafskäse.

„Na, na, na, junge Frau, das Buffet ist noch nicht eröffnet", ertönte es hinter ihr.
Sie drehte sich um und blickte direkt in das Gesicht von Carsten Fink.
„Sie sind doch wohl nicht nur zum Essen hierhergekommen? Gleich gibt es erst einmal ein paar Filmausschnitte auf der Leinwand dort drüben zu sehen."
Er zeigte in Richtung Nebenraum. Dann flüsterte er ihr zu: „Sie sehen wunderschön aus."
„Danke."
Sie lächelte und blickte sich um. Die meisten Gäste waren elegant angezogen, von wegen „da geht´s locker zu". Carsten Fink war einer der wenigen, die eher

sportlich aussahen. Jeans, T-Shirt, schwarzes Jackett. Für eine Sekunde hatte sie den Verdacht, dass er sein Outfit ihretwegen so gewählt hatte – schließlich wusste er, dass sie schicke Kleidung nicht gerne anzog. Aber sie verwarf den Gedanken schnell wieder, denn nach ihren vielen Streitereien konnte sie sich nicht vorstellen, dass er sich ihr zuliebe so rücksichtsvoll verhalten würde. Sie gingen beide in den Nebenraum, wo vor der Leinwand Stuhlreihen aufgebaut waren. Da es kurz vor 21 Uhr war, waren die meisten Plätze schon besetzt. Aber Carsten führte sie zu zwei leeren Stühlen in der achten Reihe. Offenbar hatte sie einer seiner Kumpel für ihn freigehalten, denn er begrüßte ihn mit den Worten: „Da seid ihr ja endlich. Ich dachte schon, ich hätte umsonst für eure Plätze gekämpft."

„Darf ich vorstellen?" meinte Carsten höflich, „Ines Siebrecht, die Autorin von „Verlorene Zeit" – mein Schauspielkollege Martin Dürr, alias Paul in seinen Jugendjahren."

Wie es sich gehört, antwortete sie mit einem höflichen „Nett, Sie kennenzulernen."

Dann ging auch schon das Licht im Saal aus und ein Potpourri aus Filmausschnitten begann. Gezeigt wurden der kleine Paul, der viel allein sein musste und seine Mutter, die ihn nur wenig beachtete. Sie registrierte ihn nur, wenn er nicht in ihrem Sinne funktionierte, was unweigerlich zu körperlicher Züchtigung führte. Zu sehen war auch der jugendliche Paul, der seine Mutter angriff und dafür zeitweise im Heim landete sowie schließlich Paul als Erwachsener, der ausgezogen war, trotzdem aber immer wieder den Kontakt zu seiner Mutter suchte, worauf sie mit Abweisung reagierte – bis sie ihn nicht mehr abweisen konnte, da sie zum Pflegefall geworden war.

Das Licht ging wieder an und Applaus brandete auf. „Na, wenn das Publikum auf den Film genauso reagiert, wie die Leute hier, wird er wohl ein voller Erfolg", meinte Carstens Kumpel.
„Das hier sind doch nur Filmleute, das hat mit dem echten Publikum nichts zu tun", gab Ines zu Bedenken.
„Wie gefallen *Ihnen* die Ausschnitte denn? Können Sie dem Film nun Ihren Buchtitel „leihen"?" fragte Carsten.
„Das muss ich mir noch einmal gut überlegen. Aber eine Entscheidung fälle ich erst, wenn ich das Büffet gründlich geplündert habe", antwortete Ines mit einem Augenzwinkern.
Und damit entschwand sie auch schon in den anderen Raum, dicht gefolgt von Carsten.

Zwischen eingelegten Paprika, Hähnchenspießen, ihren heiß geliebten Datteln im Speckmantel und anderen

Köstlichkeiten stellte Carsten Ines verschiedenen Regisseuren, Produzenten und Schauspielern vor. Irgendwann wurde Musik angestellt und nach kurzer Zeit war sie so laut, dass man sich kaum noch unterhalten konnte. Die meisten Gäste drängten jetzt auf die Tanzfläche, um sich nach dem Sitzen und langem Stehen auszutoben. Aber Ines fühlte sich zu müde dazu und wollte die Party verlassen.

Als sie schon vor der Tür stand, spürte sie eine Hand auf ihrer Schulter.
„Keine Lust mehr?" Es war Carstens Hand.
„Ehrlich gesagt, mir ist es zu laut da drinnen und außerdem habe ich heute schon mit sooo vielen wichtigen Personen geredet, dass mir ganz schwindelig im Kopf ist", meinte sie.
„Kann ich verstehen. Wie wär´s mit ´nem kleinen Absacker im Bistro?", schlug er vor.
Er deutete mit dem Zeigefinger auf das Quartier gegenüber.
„Dort ist es auch garantiert ruhig."
Sie nickte.
„Ja, gute Idee."

Sie überquerten die Straße und suchten sich einen gemütlichen Zweiertisch am Fenster aus. Sie liebte

Fensterplätze. Man hatte das Gefühl, dass man draußen mitten im Geschehen war, und saß doch gemütlich und geschützt in einem Raum. Man konnte ungestört beobachten, ohne selbst beobachtet zu werden. Jetzt um Mitternacht war natürlich nicht mehr viel los. Aber zumindest sah man die unterschiedlichen Personen, die aus dem Nightroom kamen. Sie bestellten sich beide eine Tasse Kaffee und schauten eine Weile dem illustren Publikum zu, das das Lokal verließ.

„Wie kamen Sie eigentlich dazu, Bücher zu schreiben?", fragte er unvermittelt.
Sie schaute überrascht auf, dann dachte sie eine Weile nach.
„Ich nehme an, jetzt muss ich antworten, dass ich mich dazu berufen fühlte oder dass mich irgendeine geniale Idee für ein Buch im Schlaf überfiel. Aber so war es nicht. Ich war einfach unzufrieden mit meinem Leben. Verstehen Sie mich nicht falsch, im Grunde genommen lebe ich genau das Leben, das ich mir immer vorgestellt habe. Ich bin verheiratet, habe einen liebenswerten Mann, eine nette Tochter und arbeite halbtags im Büro. Und trotzdem. Es ist nicht das, wovon ich geträumt hatte, als Mädchen. Wenn ich einmal zur Ruhe kam, hatte ich immer das Gefühl, dass irgendetwas fehlt", antwortete sie.

Er runzelte die Stirn.

„Sie meinen, sie leben genau das Leben, das Sie sich als Mädchen immer gewünscht haben und es entspricht trotzdem nicht Ihren Träumen? Wie kann das sein?"

Sie zuckte mit den Schultern.

„Na ja, vielleicht weil man im geträumten Alltag glücklich ist, im gleichen Alltag in der Wirklichkeit aber nicht. Vielleicht habe ich mich auch einfach nur falsch eingeschätzt. Wissen Sie, mein Arbeitsalltag besteht vor allem aus regelmäßig wiederkehrenden Verpflichtungen. Jede Menge Dinge müssen Tag für Tag erledigt werden. Und wenn alles erledigt ist, ist es bereits abends und man fällt müde in den Sessel und sieht sich noch irgendeinen Quatsch im Fernsehen an. Und am nächsten Tag geht das Ganze wieder von vorne los."

Sie spielte einen Moment lang nachdenklich mit ihrem Kaffeelöffel, bevor sie fortfuhr.

„Vor langer Zeit habe ich mal einen Film über eine irische Familie gesehen, in dem die Mutter irgendwann mit Tränen in den Augen zur Tochter sagt: „There must be more in this life." Und das war genau das Gefühl, das ich hatte, bevor ich anfing zu schreiben: Es muss noch mehr geben im Leben."

„Aber dann hätten Sie genauso gut Schauspielerin werden können", wandte er ein.

Sie schüttelte den Kopf.

„Nein, ich glaube nicht. Denn mit dem Schreiben kann man anfangen, wann man will. Man kann auch als 80jährige sein erstes Buch schreiben. Bei der Schauspielerei ist das kaum möglich. Wer gibt einer 80jährigen ihre erste Schauspielrolle?"

„Da haben Sie wahrscheinlich Recht", musste er ihr zustimmen.

„Aber haben Sie denn nicht früher einmal daran gedacht? Schließlich haben Sie wirklich Talent, wie ich aus unserer kleinen Privatprobe weiß."

Sie schaute ihn ungläubig an.

„Ich komme aus einer kaufmännischen Familie. Da lernt man handfeste Berufe mit sicherem Einkommen und nicht so einen Firlefanz. Nein, damals bin ich noch nicht einmal im Traum auf die Idee gekommen, Schauspielerin zu werden. Und heute ist es dafür zu spät. Ich bin schließlich Mitte 50. Außerdem bin ich durch meine Familie viel zu sehr gebunden. Aber das ist nicht schlimm. Das Bücherschreiben macht mich glücklich. Wer weiß, ob die Schauspielerei das auch tun würde. – Und Sie? Wollten Sie schon immer Schauspieler werden?"

Er nickte. „Eigentlich ja. Meine Eltern waren auch beide Schauspieler, allerdings ausschließlich am Theater. Ich bin schon von Kindesbeinen an immer zu den Proben mitgekommen und fand es ganz toll, sich zu verkleiden und in eine fremde Rolle zu schlüpfen. Ich mochte die Theaterleute und ihre Welt und sie mich."

„Wieso dann „eigentlich"?", hakte sie nach.

„Eine Zeit lang sah es nicht so aus, als ob ich meinen Wunsch verwirklichen könnte", erklärte er. „Wie Sie vielleicht wissen, bin ich in der ehemaligen DDR groß geworden. Leider hatte ich immer eine ziemlich große Klappe, machte viele Witze über die Genossen und so. Das kam in der Partei nicht so gut an. Und dann beging ich mit 16 Jahren den großen Fehler, meinem besten Freund zu erzählen, dass ich aus der DDR türmen würde, sobald sich eine Gelegenheit ergeben würde. Obwohl ich damals gar nichts Konkretes geplant hatte. Tja, mein „bester" Freund verriet mich an die Stasi und dann war's natürlich aus mit Schauspiel studieren."

„Wie sind Sie denn dann trotzdem Schauspieler geworden?", wollte sie wissen.

„Glück und Zufall. Ich habe nach der Schule eine Lehre als Bühnenbildner gemacht, habe das ein oder andere Mal als Komparse am Theater gespielt und dann eine erste kleinere Rolle in einem Film bekommen. Ich hatte bei einem Theaterfest den Regisseur kennengelernt. Wie das Leben halt so spielt. Ich wurde Schauspieler ohne Ausbildung."

„Und ihr „bester" Freund?", fragte sie.

„Wir haben uns fürchterlich gestritten, als ich von einer Bekannten erfuhr, wer mich da verraten hatte und dann war´s selbstverständlich vorbei mit der Freundschaft. Es gibt schließlich nichts Schlimmeres, als genau von dem Menschen verraten zu werden, dem man hundertprozentig vertraut, dem man seine tiefsten Gefühle und Gedanken anvertraut."

„Ja, das ist sicher schrecklich", stimmte sie nachdenklich zu.

Er stand auf. „Lassen Sie uns eine Runde spazieren gehen, hier drinnen wird es mir langsam zu stickig."

Sie war einverstanden und so verließen beide das Lokal und schlenderten durch die Straßen. Plötzlich blieb er stehen und drehte sich zu ihr um.

„Wissen Sie, es war sehr schön, mit Ihnen zusammenzuarbeiten, auch wenn Sie keine Rolle hatten und wir uns oft gestritten haben."

Sie war überrascht, schwieg aber.

„Ich kann mir gar nicht vorstellen, Sie überhaupt nicht mehr wiederzusehen", fuhr er fort.

Es war ihr unangenehm, dass er sentimental wurde. Okay, sie hatte ihm bei seiner Rolle etwas geholfen. Schließlich wurde ja ihr Buch verfilmt und ihre Arbeit hatte sie als eine Möglichkeit gesehen, den Film möglichst nah an ihr Buch heranzuführen. Aber sie hatte nie darüber nachgedacht, ob sie freundschaftliche oder gar darüber hinausgehende Gefühle für ihn entwickelt hatte. Und eigentlich hatte sie auch jetzt keine Lust, darüber nachzudenken. Es war so viel einfacher, das Ganze als reine Arbeitsbeziehung anzusehen. Sie hatte gedacht, dass für ihn dasselbe gelten würde, zumal sie so oft aneinander geraten waren. Das Filmprojekt war jetzt abgeschlossen und es war für sie klar, dass sie die Leute, die damit verbunden waren, nicht mehr wiedersehen würde. Daher ignorierte sie seinen ernsten Ton und meinte locker: „Wenn Sie mal wieder in Dortmund sind, rufen Sie mich einfach an und wir trinken einen Kaffee zusammen."

Aber diese Antwort war nicht das, was Carsten hören wollte. Er griff nach ihrer Hand.
„Nein, ich meine, ich würde Sie gerne weiterhin so oft sehen wie während der Dreharbeiten."

Vorsichtig zog sie ihre Hand zurück. Sie war kurz davor, ihn aufdringlich zu finden. Wie konnte sie seine romantischen Anwandlungen möglichst umgehend beenden? Angriff ist die beste Gegenwehr, fiel ihr ein alter Spruch ihres Vaters ein. Am besten mit etwas Persönlichem.

„Sie sind doch jetzt schon zum dritten Mal verheiratet, nicht wahr?", fragte sie scheinbar zusammenhanglos.

„Ja, wieso?" Er war sichtlich irritiert.

„Sie haben also schon zweimal Ihr Ehegelübde gebrochen, womit eine große Wahrscheinlichkeit besteht, dass Sie auch das Dritte brechen werden."
Sie schaute ihn von der Seite her an, um festzustellen, ob ihre Worte schon erste Wirkung zeigten. Sein Gesicht hatte sich verdunkelt. Das ermunterte sie weiterzumachen.

„Ich vermute mal, sie sind nicht dafür geschaffen, ein ganzes Leben lang eine einzige Frau zu lieben."

Er stöhnte leise auf. „Was soll das denn jetzt? Meinen Sie immer, jemand würde Ihnen einen Heiratsantrag machen, der sie wiedersehen möchte? Oder wollen Sie mir eine Moralpredigt halten?", fragte er gereizt.
Sie lächelte, zufrieden damit, dass sich sein Ton geändert hatte. „Nein, Gott bewahre. Und zum Thema Liebe sind meine Bemerkungen rein vorbeugend. Ich möchte dazu nur noch folgendes sagen: Im Grunde genommen habe ich immer nach einem Mann gesucht, der den Rest seines Lebens mit mir verbringen will und *kann*. Und diesen Mann habe ich bereits gefunden."

Sie hätte es dabei bewenden lassen können. Schließlich schien sie erreicht zu haben, was sie wollte. Aber sie war gerade so richtig schön in Fahrt gekommen und konnte der Versuchung nicht widerstehen, ihren Ausführungen noch eins drauf zu setzen. „Obwohl ich zugeben muss, dass es mir eigentlich genauso geht wie Ihnen. Nur meine Lösung ist eine andere."

Er stutzte.

„Da bin ich aber mal gespannt."

Ihre Stimme triefte jetzt vor Ironie.

„Sie haben sich für serielle Monogamie entschieden: Immer schön eine nach der anderen. Ich dagegen bevorzuge die platonische Liebe. Ohne Sex kann man neben seinem Ehemann so viele Beziehungen haben, wie man möchte. Kein Stress, kein Betrug gegenüber seinem Mann, kein schlechtes Gewissen. – Und außerdem nicht ständig wieder Scheidung und neue Hochzeit. Den Eheschwur glaubt einem ja keiner mehr. Abgesehen davon wird das Ganze auf die Dauer zu teuer."

Sie genoss seine Verdutztheit und beobachtete amüsiert, wie ihm sprichwörtlich die Kinnlade herunterklappte. Derjenige, der etwas empfindet, ist eben immer dem unterlegen, der nichts empfindet, dachte sie. Sie kam sich sehr schlau vor.

„Also, auf dieser Basis können wir uns gerne weiter regelmäßig treffen", setzte sie noch nach in der Gewissheit, dass er dieses Angebot nach ihren Ausführungen unmöglich annehmen könnte.

Er schwieg. Er hatte den ironischen Ton in ihrer Stimme wohl gehört. Sie war so verdammt selbstsicher, fühlte sich so überlegen. Natürlich hatte er sofort begriffen, dass sie seine Gefühle abblocken wollte. Vielleicht empfand sie wirklich nichts für ihn, dachte er. Aber vielleicht wollte sie auch einfach nichts für ihn empfinden. Ironie war immer ein perfekter Panzer, um andere nicht zu sehr an sich heranlassen zu müssen. Er wusste das. Er setzte sie ja selbst oft genug dazu ein. Aber mit ihrem Angebot hatte sie einen Fehler gemacht, hatte ihm die Tür zu weiteren Treffen geöffnet, wenn er die wirksamste Waffe gegen Ironie einsetzte, die es gab: Er tat einfach so, als hätte er ihre Worte ernst genommen.

„Ich weiß nicht, ob ich damit zurechtkommen würde." Das Lächeln in ihrem Gesicht verschwand. Für eine Sekunde lang meinte er darin Angst aufflackern zu sehen; Angst davor, ihr Angebot tatsächlich in die Tat umsetzen zu müssen. Dann fasste sie sich wieder. „Keiner zwingt Sie dazu."

„Ich weiß", antwortete er ernst und in der befriedigenden Erkenntnis, ihr Überlegenheitsgefühl nachhaltig erschüttert zu haben.

Übrig geblieben waren nur noch zwei Menschen, die sich auf Augenhöhe gegenüber standen. Für einen Moment lang herrschte Schweigen zwischen ihnen. Und plötzlich, ohne recht zu wissen, was sie da eigentlich tat, hauchte sie ihm einen flüchtigen Kuss auf die Wange. Dann drehte sie sich schnell um und verschwand in der Dunkelheit. Er starrte ihr noch lange nach und überlegte, ob er Recht gehabt hatte.

**

Es war schon zwei Uhr nachts, als sie den Schlüssel in der Haustür umdrehte. Sie bemühte sich, möglichst leise zu sein und schlich sich neben ihren Mann ins Bett. Ein Glück, Morgen war Sonntag, sie konnte ausschlafen. Als sie gegen 10 Uhr aufwachte, hörte sie schon Tellerklappern nebenan in der Küche. Sie verspürte einen Bärenhunger und schlüpfte aus dem Bett.

„Morgen, Schatz", begrüßte Karl sie mit einem Küsschen.
„Na, wie war´s gestern?", fragte er beiläufig.
„Och, ganz interessant. Der Film scheint jetzt doch ziemlich eng an das Buch angelehnt zu sein."
„Und die Party danach?", wollte er wissen.

Sie versuchte, ihrer Stimme einen möglichst unbeteiligten Klang zu verleihen.

„Es war ganz interessant. Ich habe jede Menge Leute kennengelernt: Regisseure, Produzenten, verschiedene Schauspieler, eben viele Leute vom Film."

Das schien genau das zu sein, was er zu hören erwartet hatte.

„Gut, dass ich nicht dabei war. Als Anhängsel der Autorin hätte ich mich bestimmt gelangweilt."

„Quatsch!"

Sie zwickte ihn in die Seite und er wich lachend aus.

„Übrigens: Dieser Carsten Fink hat sich heute früh auf Deinem Handy gemeldet. Es lag noch eingeschaltet im Flur, da bin ich drangegangen. Er hat gesagt, ihr zwei könntet auf der besprochenen Grundlage weiter arbeiten. Was heißt das denn jetzt?"

Halb erschrocken und halb überrascht drehte sie sich um.

„Oh, damit habe ich nicht gerechnet."

Sie suchte fieberhaft nach einer plausiblen Erklärung.

„Es geht darum, dass er vielleicht noch andere Bücher von mir verfilmen will", log sie.

„Wenn Du nicht aufpasst, wird aus deiner Gelegenheitsschreiberei noch ein Hauptberuf – und ich der Ehemann einer berühmten Autorin", witzelte er.

Ihr fiel ein Stein vom Herzen. Ihre Ausrede hatte funktioniert.

**

Sie hatten sich auf Dienstagmorgen geeinigt. Regelmäßiges Walken im Rombergpark. Dienstag war ihr freier Tag und vormittags waren Kind und Mann aus dem Haus, sie hatte also freie Bahn. Freie Bahn wozu eigentlich? Sie ärgerte sich darüber, dass sie es nicht schaffte, ihrem Mann von diesen Treffen zu erzählen. Sie verstand selber nicht, wieso sie so ein Geheimnis daraus machte. Sie taten schließlich nichts Unrechtes. Sie traf sich halt mit einem guten Freund. Nicht mehr und nicht weniger. Erst diese Geheimnistuerei weckte in ihr das Gefühl, sie täte etwas Verbotenes. Andererseits würde sie schnell gegenüber Karl in Erklärungsnot geraten, erzählte sie ihm von diesen Treffen. Denn im Gegensatz zu dem, was sie Carsten nach der Wrap-Party erzählt hatte, hatte sie in Wirklichkeit keine anderen echten Freundschaften mit Männern, sondern nur Bekanntschaften. Meistens waren es die Partner ihrer Freundinnen, mit denen man sich gemeinsam traf. Oder Arbeitsbeziehungen. Karl würde sicherlich in eine solche Freundschaft schnell mehr hineininterpretieren, als tatsächlich war. Aber was war tatsächlich?

Sie erinnerte sich an ihr erstes Treffen. Sie stand vor dem Tor am Haupteingang, ungeduldig und nervös wie eine Vierzehnjährige, die sich zum ersten Mal mit einem Jungen trifft, in den sie sich verliebt hat.

Er kam in lockerer Alltagskleidung, nur die Sportschuhe ließen erahnen, was er vor hatte.
„Guten Morgen, Ines!", begrüßte er sie gut gelaunt.
„Oh, sind wir schon beim Du?" fragte sie gespielt überrascht.
„Wenn wir zusammen walken, können wir uns doch auch duzen, oder?", meinte er flapsig.
Sie zuckte mit den Schultern.
„Klar, warum nicht."
Er kramte in seiner Tasche und holte eine Zigarettenschachtel und ein Feuerzeug hervor.
Während er sich eine Zigarette anzündete, fragte er:
„Also, wo geht´s lang? Sie kennen – äh – Du kennst Dich doch bestimmt ganz gut hier aus. Das müsste doch Dein „Revier" sein."
„Allerdings."

Sie nickte und schaute überrascht auf seine Zigarette. Sie hatte nicht gewusst, dass er rauchte. Andererseits war das ja nichts Ungewöhnliches. Nicht alle Menschen waren eben Nichtraucher wie sie.

„Und – schon irgendeine Idee?", riss er sie aus ihren Überlegungen.

Sie dachte noch einen Moment nach, was wohl die beste Route wäre.

„Ich schlage vor, wir verlassen möglichst schnell den Hauptweg und gehen einen ruhigeren Parallelweg. Das ist einer meiner Lieblingswege. Ich war schon oft dort wegen der Eichhörnchen. Wenn wir etwas Glück haben, treffen wir eins von denen, die sich füttern lassen. Mit etwas Geduld fressen sie Nüsse direkt aus der Hand. Ich liebe es, sie zu füttern. Mittlerweile kann ich schon ein paar von ihnen auseinanderhalten. Auf den ersten Blick sehen sie ja alle gleich aus. Aber das stimmt nicht. Man muss nur genau hinschauen, dann sieht man, wie unterschiedlich sie sind. Jedenfalls habe ich mir vorsorglich Nüsse eingesteckt. Du kannst Dir auch welche nehmen, wenn Du Lust hast."

Sie griff in ihre Tasche und beförderte Nüsse hervor, von denen er sich einige einsteckte. Dann marschierten sie los. Bald konnten sie den Hauptweg verlassen und gelangten auf einen einsameren, schmaleren Weg, der links und rechts von Bäumen begrenzt wurde. Hoch über ihnen berührten sich die Baumreihen und bildeten ein grünes Dach. Dadurch war der Weg ein bisschen dunkel und hätte Ines nicht stumm in das Unterholz gezeigt, hätte er das Eichhörnchen gar nicht bemerkt, das da unter einem Busch saß. Sie ging lautlos in die Hocke, legte eine Nuss auf ihre ausgestreckte Hand – und wartete. Es dauerte eine ganze Weile, bis das Eichhörnchen aus seiner Deckung kam und ein Stück auf sie zulief. Irgendwann preschte es schnell vor, klaute sich die Nuss von ihrer Hand und flitzte damit in Windeseile den nächsten Baum hinauf.

Sie stand auf. „Möchtest Du´s auch mal probieren?"
Er griff in seine Tasche und legte ebenfalls eine Nuss auf seine ausgestreckte Hand.
„Du musst Dich hinhocken, sonst haben sie zu viel Angst vor Dir", riet sie ihm.
Also hockte er sich hin und wartete. Aber er hatte Pech. Das Eichhörnchen kam nicht wieder und es war auch kein weiteres Hörnchen in der Nähe.
„Vielleicht beim nächsten Mal", meinte sie. „Komm, lass uns weiter gehen."

Sie verließen den geschützten Weg und gingen etwas oberhalb entlang einer Imkerei. Es waren die ersten warmen Frühlingstage, die Forsythien blühten bereits und lockten unzählige Bienen an. Sie machten eine Pause auf einer Bank am Wegrand.

„Wenn es beim nächsten Mal wieder so warm ist, könnten wir ja ein paar Sachen für ein kleines Picknick mitbringen", schlug sie vor.

Er nickte.

„Ja, das ist eine gute Idee."

Sein Blick schweifte über die Wiesen und den Bach in der Mitte bis hin zu dem kleinen Weg mit den Eichhörnchen.

„Werden sie eigentlich so zahm, dass man sie streicheln kann?", fragte er.

Sie schüttelte den Kopf.

„Nein, Du kannst sie zwar an Dich gewöhnen und sie bleiben dann auch ruhig in Deiner Nähe sitzen, aber wenn Du sie streichelst, flitzen sie davon und kommen nie wieder zu Dir zurück. - Auch nicht, wenn Du es ein paar Tage später noch einmal versuchst. Da sind sie sehr nachtragend."

Er sah sie schräg von der Seite an.

„So wie Du?"

Sie zuckte mit den Schultern.

„Vielleicht."

**

Tatsächlich hatten sie beim nächsten Treffen Glück. Es war trocken und warm, ideales Picknick-Wetter. Daher beschlossen sie, auf das Walken zu verzichten und direkt einen schönen Platz für ihre Decke zu finden. Allerdings bestand Carsten darauf, vorher noch bei den Eichhörnchen vorbeizuschauen. Er konnte es anscheinend nicht auf sich sitzen lassen, dass sie Ines die Nüsse aus der Hand gefressen hatten und zu ihm keins gekommen war.

„Ist es so unerträglich für Dich, einmal irgendwo nicht die Hauptrolle zu spielen?", fragte sie genervt, ohne auf ihre Frage eine Antwort zu erhalten.
Stattdessen breitete sich ein triumphierendes Lächeln auf seinem Gesicht aus. Ein hellbraunes Hörnchen mit einem schwarzen Streifen auf dem Rücken hatte ihn anscheinend zu seinem Nussspender auserkoren. Immer wieder kam es angeflitzt, um sich Nuss für Nuss aus seiner Hand zu stibitzen.
„Na, für heute hast Du genug gefressen", beschloss Carsten, packte die restlichen Nüsse wieder in seine Hosentasche und stand auf.

Sie verließen den schattigen Nebenweg und suchten sich ein sonniges Plätzchen auf eine der benachbarten Wiesen. Ines hatte Brötchen, Marmelade und eine

Thermokanne Kaffee mitgebracht, Carsten packte das nötige Geschirr und Besteck sowie Croissants und Schokoladenkekse aus.

„Hm, meine Lieblingssorte", schwärmte sie mit Blick auf die Kekse. „Das habe ich wirklich schon urlange nicht mehr gemacht", seufzte sie genießerisch und ließ sich auf die Decke plumpsen.

„Ja, ein Picknick ist wirklich klasse. - Solange einen die Ameisen noch nicht entdeckt haben."

Mit einer kräftigen Handbewegung schüttelte er ein paar dieser Insekten ab.

„Das ist eben Natur pur", grinste sie.

„Warum erzählst Du Deinem Mann eigentlich nicht von unseren Treffen?", fragte er unvermittelt. „Ich dachte, Du führst eine ganz ehrliche Ehe und er akzeptiert Deine anderen Männerfreundschaften?"

Sie stöhnte leise auf. Gerade wollte sie es sich gut gehen lassen, da zerstörte er die kleine Idylle mit diesen ihr unangenehmen Fragen. „Ich bin doch ehrlich. Ich habe ihn nicht angelogen. Er weiß es einfach nicht, das ist alles. Und außerdem – was gibt es da schon groß zu wissen? Wir treffen uns einfach, das ist alles."

Er musterte sie skeptisch. „Wenn das alles ist, dann könntest Du ihm ja auch davon erzählen."

Sie musste diese Diskussion schnellstens beenden, wollte sie sich nicht den Rest des Vormittags verderben.

„Ich habe aber keine Lust dazu. So und nun lass uns das Thema wechseln."

Glücklicherweise hatte er es heute anscheinend nicht auf eine ernsthafte Auseinandersetzung abgesehen und lenkte ein.

„Okay. – Was macht Dein neues Buch?"

Sie sah ihn verblüfft an.

„Ich kann mich nicht daran erinnern, dass ich Dir etwas von einem neuen Buch erzählt habe. Im Moment habe ich leider keine packende Idee. Hast Du schon die nächste Filmrolle?"

Er zögerte einen Moment mit seiner Antwort.

„Noch nicht wirklich. Vielleicht bin ich im Sommer wieder dabei, als Kommissar in einem Krimi."

Sie war überrascht. Sonst spielte er immer ernste, dramatische Rollen.

„Mal was anderes. Nicht schlecht."

Er war erleichtert, dass sie keinen abwertenden Kommentar darüber machte. Wenn er ehrlich war, hatte er nämlich genau das erwartet.

„Ja, das denke ich auch. Und wir suchen noch die Besetzung für die weibliche Hauptrolle."

Er sah sie erwartungsvoll an.

„Nee, nee, keine Chance", lachte sie, „Du weißt, dass ich mich darauf nicht einlasse."

„War mal ´nen Versuch wert", schmunzelte er.

Seine Hand strich leicht über das Gras der Wiese, rupfte mal hier und mal dort einen Grashalm aus, ließ ihn wieder fallen, bis er ihr schließlich etwas herüberreichte. Es war ein vierblättriges Kleeblatt. „Für Dich", meinte er ernst, „für viele gute Ideen in einem neuen Buch."

Nachdenklich betrachtete sie das Pflänzchen. Schön wär´s.

„Ich habe es übrigens getan", sagte er zusammenhanglos.

Sie sah ihn verwirrt an.

„Ich war vor ein paar Wochen in Potsdam bei meinem Vater", erklärte er.

„Und?" fragte sie gespannt.

Sein Blick wanderte in die Ferne.

„Zumindest bin ich um eine Erkenntnis reicher. Mein Vater will auch in Zukunft nichts mit mir zu tun haben."

„Das tut mir leid", meinte sie ehrlich bedauernd, „ich hätte Dir gewünscht, dass ihr euch irgendwie versöhnt und Du wenigstens für den Rest Deines Lebens eine Beziehung zu Deinem Vater hast."

„Ja, das hätte ich mir auch gewünscht", sagte er kaum hörbar.

Er pflückte noch einmal ein Kleeblatt, das er nachdenklich betrachtete. Diesmal war es ein Dreiblättriges.

„Aber es gehen eben nicht alle Wünsche in Erfüllung."
Sanft berührte sie seine Hand.
„Also war alles umsonst, oder?"
Er schüttelte den Kopf.
„Nein, eigentlich nicht. Ich weiß jetzt, dass ich vaterlos lebe, weil *er* es so wollte. Meine ganze Kindheit und Jugend über habe ich um seine Liebe gekämpft, ohne überhaupt die geringste Chance auf Erfolg zu haben. Ich hatte immer gedacht, alles liegt an mir. Aber jetzt bin ich endlich diese gottverdammten Schuldgefühle los und habe nicht mehr den geringsten Wunsch, ihn wiederzusehen. Mir ist, als hätte ich jahrelang ein tonnenschweres Gewicht mit mir herumgeschleppt, von dem ich mich jetzt endlich befreien konnte. Zum ersten Mal seit Urzeiten fühle ich mich leicht und frei."

**

Die Dienstagvormittage vergingen immer viel zu schnell und ehe sie es sich versah, waren sie zum Mittelpunkt ihrer Woche geworden. Sie freute sich schon Tage vorher darauf und war immer ein wenig traurig, wenn so ein Vormittag vorbei war. Besonders öde erschienen ihr die Wochen, in denen Carsten oder sie keine Zeit für ein Treffen hatte, weil irgendetwas dazwischen gekommen war. Tief in ihrem Unterbewusstsein registrierte sie zwar, dass sie dabei war, sich in Carsten zu verlieben. Aber sie konnte und wollte sich das nicht eingestehen. Sie liebte ihren Mann und wollte bei ihm bleiben, basta. Und es musste ihr doch wohl möglich sein, neben ihrem Ehemann einen männlichen Freund zu haben, ohne dass daraus eine Bettgeschichte wurde. Andere konnten das schließlich auch.

Außerdem – hatte sie tatsächlich eine Alternative? Würde sie eine wirkliche Liebesgeschichte zulassen, würde Karl das früher oder später herausfinden. So etwas ließ sich nicht auf Dauer verheimlichen. Sie müsste sich trennen, ihre Tochter würde ein Scheidungskind mit allen Problemen, die das mit sich brachte. Und sie selbst? Vielleicht würde ihre Beziehung zu Carsten nicht lange überleben, dann wäre sie zum Schluss Alleinerziehende mit Kind, hätte mehr verloren, als sie kurzfristig gewonnen hätte. Und wenn ihre Beziehung zu Carsten tatsächlich halten würde, was hätte sie erreicht? Sie müsste ihr altes Leben aufgeben und ein neues Leben leben.

Sie konnte aber doch nicht 20 Ehejahre mit Karl ungeschehen machen. 20 Jahre mit gemeinsam verbrachten schönen und auch weniger schönen Momenten, mit Krisen, die sie zusammen gemeistert hatten. 20 Jahre, die sie zu dem gemacht hatten, was sie jetzt war. Kein anderer Mann außer Karl wusste, wie sie als junge Frau war, welche Träume, welche Sehnsüchte sie hatte. Und keiner außer Karl wusste, wie sie sich verändert hatte. Außerdem war er der Vater ihrer Tochter. Er hatte sie als Baby in den Schlaf gewiegt, er hatte sie bis jetzt durch Kindheit und Jugend begleitet. All das konnte sie doch nicht einfach wegwerfen.

Sie liebte Karl immer noch, wenn auch vielleicht nicht so sehr wie Carsten. Aber wäre sie mit Carsten zusammen, würde sich das ändern. Nichts war so sicher, als dass mit der Zeit auch ihre Gefühle für ihn weniger intensiv würden. Sie brauchte nur Karl und sich selbst oder auch andere Paare anzusehen, die schon länger zusammen waren. Sie hatte noch keins kennengelernt, das sich noch genau so liebte wie am Anfang. Sie fühlte, sie würde Karl immer in ihrem Herzen tragen, egal wohin sie gehen würde. Würde sie ihn verlassen, würde sie sich für den Rest ihres Lebens schuldig fühlen. Schuldig dafür, ihn verlassen zu haben, ohne dass er ihr dazu einen wirklichen Anlass gegeben hatte. Eine alte Liebe für eine Neue aufzugeben – wo war da der Sinn?

**

Der Sommer war bereits ins Land gezogen, als Carsten ihr mitteilte, dass er sie nun für etwa einen Monat nicht sehen konnte, da er in dem Krimi tatsächlich die Hauptrolle bekommen hatte und Drehort Hamburg war. Hamburg schien ihr so weit weg zu sein wie der Mond und ein Monat eine Ewigkeit. Sie sagte zwar nichts, aber er hatte wohl begriffen, was sie fühlte.
„Du kannst mich ja mal besuchen", meinte er versöhnlich.
Sie lachte bitter auf.
„Dann müsste ich mindestens zwei familienfreie Tage am Wochenende haben und das kommt selten vor."
„Sag´ Deinem Mann doch einfach, dass Du mich besuchst."
Er verstand immer noch nicht, warum sie Karl nicht die Wahrheit sagen konnte.
„Zu kompliziert", war alles, was er von ihr dazu zu hören bekam.
Er sah sie fragend an, aber sie reagierte nicht.

„Lass uns dann heute wenigstens noch einmal ordentlich walken", schlug sie vor und wendete sich zum Gehen.

Er war erleichtert, dass sie ihm keine Szene machte.
„Ja, und ich möchte mich natürlich noch von meinem
Eichhörnchen verabschieden."
Das kleine Hörnchen mit dem schwarzen Streifen auf
dem Rücken schien beinahe auf Carsten gewartet zu
haben. Es blieb sogar neben ihm sitzen und ließ sich eine
Nuss nach der anderen reichen.

Als es wieder eine Nuss in den Händen hielt, streichelte
Carsten sanft sein Köpfchen. Ines konnte den Schrecken
in seinen Augen sehen. Es dauerte nur den Bruchteil
einer Sekunde, dann war das Hörnchen im Gebüsch
verschwunden.
„Warum hast Du das gemacht?", fragte sie, wobei sie
ihre Enttäuschung über sein Verhalten kaum verbergen
konnte.
„Hätte doch klappen können", meinte er lapidar.
Seine Ignoranz machte sie wütend.
„Du wirst dieses Eichhörnchen nie wieder füttern
können!" „Abwarten. Ich wette, ich schaffe es doch",
antwortete er seelenruhig.

Sie wollte schon etwas erwidern, als sein ernster,
entschlossener Gesichtsausdruck sie verstummen ließ.
Zunächst war er ihr wie ein trotziger kleiner Junge
vorgekommen. Aber nein, es steckte etwas anderes

dahinter. Das Risiko forderte ihn heraus. Er war in seinem Element, der Schau*spieler*.

**

Ein Monat ist eine lange Zeit, wenn man ihn mit Alltagspflichten verbringen muss. Und ein Monat verfliegt im Nu, wenn viel Interessantes passiert. Schaut man zurück, scheint die Zeitspanne im ersten Fall paradoxerweise ganz kurz gewesen zu sein, während sie sich im zweiten Fall vervielfacht zu haben scheint. So ungefähr erging es auch Ines und Carsten.

Anfangs kreisten Ines Gedanken ständig um Carsten und sie vermisste ihn bitterlich. Die Tage schienen kein Ende zu nehmen, trostlos ohne die Aussicht auf ein baldiges Wiedersehen. Kein Wunder also, dass sie schon nach einer Woche schlechte Laune bekam, was sich ihre Tochter und ihr Mann natürlich nicht erklären konnten. „Was ist nur los mit Dir?", fragten abwechselnd Karl und Lena. „Ich habe Kopfschmerzen" oder „Ich bin müde" waren ihre Standardausreden.

Insgeheim ärgerte sie sich darüber, dass sie sich so abhängig von Carsten gemacht hatte. Kaum war er verschwunden, schien ihre Welt zusammenzubrechen. Sie hatte vorher doch auch ganz gut ohne ihn gelebt!

Und vor allem wuchs in ihr der Verdacht, dass sie ohne ihn schon viel eher eine Idee für ein neues Buch gehabt hätte. Sie nahm sich vor, weniger an ihn zu denken. Und die Zeit half ihr dabei. Immer weiter trieb sie sie von Carsten weg. Und tatsächlich, je mehr Abstand sie gewann, desto mehr setzte sie sich auch an ihren Computer und nahm ihre Schreibarbeit wieder auf. Nun, wo sie wieder schrieb, empfand sie die Zeit von seiner Abreise bis jetzt wie ein kurzes Intermezzo.

Die große Idee für ein neues Buch fehlte ihr zwar noch, aber dafür hatte sie viele kleine Einfälle, die sie zu Kurzgeschichten verarbeitete. Natürlich dachte sie trotzdem hin und wieder an ihn. Vor allem an Dienstagvormittagen oder wenn er ihr eine SMS sandte, auf die ihre Antworten im Laufe der Tage allerdings immer kürzer ausfielen - ja, irgendwann begann es sie sogar zu stören, wenn sie eine Nachricht von ihm erhielt. Es schien sie von dem abzuhalten, was ihr in all den Wochen vorher so sehr gefehlt hatte, ohne dass sie sich dessen bewusst geworden war: das Schreiben.

Carsten hingegen hatte kaum Zeit, Ines nachzutrauern. Er ging vollends in den Dreharbeiten auf. Er hatte in den letzten Monaten ziemlich viele schwierige Rollen gespielt. Dagegen bereitete ihm seine aktuelle Rolle als

Kommissar keine großen Probleme. Hinzu kam, dass er mit einem netten Schauspieler-Team zusammenarbeitete. Zu seiner Film-Kollegin, Laureen Sutherland, hatte er sofort einen guten Draht. Sie war eine erfahrene Schauspielerin, die schon in mehreren Filmen mitgespielt hatte und auch Theatererfahrung besaß. Natürlich dachte auch Carsten immer wieder an Ines. Aber es gab hier so viel zu überlegen und zu tun, dass er manchmal einfach vergaß, ihr eine Nachricht zu senden oder sie anzurufen. Er hatte das Gefühl, schon seit einer Ewigkeit in Hamburg zu drehen. Dabei waren erst zwei Wochen vergangen. Oder schon? Schließlich war seine Arbeit bereits in zwei Wochen wieder zu Ende. Und er wollte sie doch zu den Dreharbeiten einladen! Er hatte zwar ihre ablehnende Reaktion im Rombergpark im Kopf, aber ein konkretes Angebot abzulehnen, war schließlich noch etwas anderes. Schnell benachrichtigte er sie. Um ihre Unterkunft müsse sie sich keine Gedanken machen. Er würde ein Zimmer für sie in dem Hotel organisieren, in dem auch er übernachtete. Gespannt wartete er auf ihre Antwort.

Ein paar Tage mit Carsten allein in Hamburg? Abgesehen davon, dass das schwer zu organisieren war, war sie sich nicht mehr sicher, ob sie das auch wirklich wollte. Bei ihrem letzten Treffen, ja, da war das ein verführerischer

Gedanke gewesen. Aber jetzt, nach diesen durchlittenen Tagen seiner Abwesenheit, jetzt, wo es ihr endlich wieder einigermaßen gut ging? Es schauderte ihr davor, sich wieder so eng an ihn gebunden zu fühlen. Er war schließlich Schauspieler. Solche Trennungen würden also immer wieder vorkommen. Ließe sie sich erneut so auf ihn ein wie in der Vergangenheit, würde Ihr Seelenleben in Zukunft regelmäßig Achterbahn fahren.

Ines klappte ihr Handy zu und dachte nach. Da war die Freude, endlich wieder schreiben zu können und die Angst, diese gerade erst zurückgewonnene Fähigkeit erneut zu verlieren. Andererseits gab es die Erinnerungen an diese gemeinsamen Vormittage, die sie so sehr geliebt hatte. Je mehr sie darüber nachdachte, umso mehr sehnte sie sich wieder nach seiner Nähe. Sie seufzte. Ihre Entscheidung war eigentlich schon gefallen, spürte sie. Und gleichzeitig bedauerte sie das. Einen Moment noch zögerte sie, dann langte sie nach dem Familienkalender und blätterte darin herum. Sie hatte Glück. Nächstes Wochenende fuhr ihr Mann zu einer Messe. Sie griff zum Telefon und fragte ihre Freundin, ob Lena von Freitag bis Sonntag bei ihr bleiben könnte, da sie zu einem Autorenmeeting in Hamburg eingeladen wäre. Ihre Freundin war damit einverstanden. Sie hatte selbst eine etwa gleichaltrige

Tochter und Lena und dieses Mädchen verstanden sich ganz gut und trafen sich auch sonst ab und zu mal. Karl schien ebenfalls keine Bedenken zu haben. Er würde ja ohnehin nicht im Haus sein. Sie war erleichtert und gleichzeitig überrascht, wie einfach sich alles arrangieren ließ.

**

Sie war mit dem Zug gefahren. Hamburg konnte man von Dortmund aus in circa 2 Stunden ohne Umsteigen erreichen. Sie war zwar keine Autohasserin, aber eine Zugfahrt war doch um einiges entspannter. Ihr reservierter Platz befand sich an einem der Vierertische im Großraumabteil – und natürlich am Fenster. Nachdem sie das Gepäck in der Ablage verstaut hatte, ließ sie sich in Erwartung einer angenehmen Fahrt auf ihren Sitz fallen. Die anderen Plätze waren schnell besetzt und sie war froh reserviert zu haben. Der Zug war erwartungsgemäß voll. Nachdem draußen eine Stadt nach der anderen vorbeigezogen war, wurde die Besiedlung dünner und die Landschaft flacher. Sie griff nach einem Buch und genoss die Ungestörtheit. Zum Glück waren ihre Sitznachbarn auch ruhige Zeitgenossen, die entweder in einem Buch lasen oder aus dem Fenster schauten.

Die Fahrt ging im Nu vorbei und ehe sie es sich versah, ertönte aus dem Lautsprecher die Durchsage „Hamburg Hauptbahnhof". Sie strömte zusammen mit einer Menschenmenge auf den Bahnsteig. Der Zug hatte hier Endstation. Carsten hatte geschrieben, dass er sie abholen wollte, aber sie konnte ihn weit und breit nicht entdecken.

Da sprach sie aus der Menge ein Mann an. „Sind Sie Ines Siebrecht?"

Sie nickte und sah ihn erstaunt an. „Ja, wieso?"

„Herr Fink gibt gerade noch ein Interview. Ich soll Sie abholen und schon einmal ins Hotel bringen", erklärte er.

Sie folgte dem Mann, der sich als Regieassistent vorstellte und sie zum Hotel brachte.

In der Empfangshalle stürmte Carsten auf sie zu. „Es tut mir so leid, dass ich nicht selber kommen konnte, aber ich musste noch ein Interview geben, das bis gerade eben gedauert hat. Komm, ich zeig Dir Dein Zimmer und dann gehen wir erst mal gemütlich essen."

Sie nickte. Ihr Zimmer war zwar klein und nur mit dem Nötigsten ausgestattet, aber dafür hatte es einen Balkon und man konnte von hier auf die Binnenalster sehen. Sie musste lächeln. Carsten wusste, worauf es ihr ankam. Sie warf ihre Reisetasche auf das Bett und machte sich kurz frisch. Die wenigen Sachen, die sie dabei hatte, konnte sie noch später auspacken. Sie ging hinunter in die Empfangshalle, wo Carsten schon auf sie wartete.

Das Wetter war schön und so spazierten sie zunächst eine Weile an der Alster entlang.
„Wann musst Du denn wieder vor die Kamera?", fragte sie.
„Erst in zwei Stunden. Wir haben also noch jede Menge Zeit", strahlte er sie an.

Sie setzten sich an einen der draußen aufgebauten Tische eines Bistros direkt am Fluss. Er erzählte ihr von den Dreharbeiten und was für ein Glück er habe, mit einem so netten Schauspieler-Team zusammenzuarbeiten. Insbesondere sei er begeistert von der zauberhaften Laureen Sutherland als seiner Filmpartnerin, mit der er sich ausgezeichnet verstehe. Sie sagte nur „na, na, na" und er verzog spöttisch seinen Mund.
„Habe ich Dich jetzt etwa eifersüchtig gemacht?"
„Wie könntest Du?", fragte sie leicht ironisch.
Dann erzählte sie von ihrem Alltag in Dortmund und dass sie jetzt endlich wieder schreiben würde. Zwar keinen Roman, aber zumindest arbeite sie an einem Band mit Kurzgeschichten.

„Dann ist unsere kurze Trennung für Dich ja ganz
heilsam", meinte er leichthin.

„Ja, das könnte man so sagen", erwiderte sie ernst.

Ihr Tonfall ließ ihn aufhorchen.

„Ich hatte eigentlich gehofft, dass Du mich vermisst",
sagte er und in seiner Stimme klang Enttäuschung mit.

„Das habe ich auch", versicherte sie schnell. „Und
trotzdem genieße ich es, dass ich wieder schreiben
kann."

Carsten schaute auf seine Uhr.

„Ich muss leider wieder zurück. Möchtest Du bei den
Dreharbeiten zusehen?"

Sie schüttelte den Kopf.

„Nimm es mir nicht übel, aber bei dem schönen Wetter
möchte ich mir lieber noch ein wenig Hamburg
ansehen."

Das konnte er gut verstehen. Er wäre auch lieber noch
eine Runde spazieren gegangen, als zurück zur Arbeit zu
gehen.

„Okay, dann treffen wir uns heute Abend so gegen 21
Uhr im Hotel? Ich habe nämlich keine Lust, nach dem
Dreh noch auszugehen. Morgen ist ja auch noch ein
Tag."

Damit war sie einverstanden. Drei Tage mit Carsten zusammen kamen ihr vor wie alle Zeit der Welt.

**

Sie verabschiedeten sich und Ines beschloss, einen Spaziergang zur Speicherstadt zu machen. Sie war vor einigen Jahren schon einmal in Hamburg gewesen und hatte bei der Gelegenheit eine ausgiebige Sightseeing-Tour unternommen, wobei sie zum Teil mit dem Bus und zum Teil zu Fuß unterwegs gewesen war. Die Speicherstadt hatte sie nur vom Bus aus gesehen und sie hatte die großen, roten Backsteingebäude schon damals faszinierend gefunden. Nun hatte sie Zeit, sich die Gebäude mit ihren Türmchen und Giebeln einmal aus der Nähe anzuschauen. Natürlich gab es dort drinnen längst nicht mehr nur Waren. Zwar befand sich hier unter anderem immer noch das weltgrößte Lager für Orientteppiche, aber viele Gebäude wurden schon für andere Zwecke genutzt. Da waren Ateliers, Wohnungen oder zum Beispiel die Kaffeerösterei, in der sich Ines jetzt mit verschiedenen Sorten Kaffee eindeckte.

Sie schlenderte am Binnenhafen entlang zu den Landungsbrücken und zum alten Segelschiff Rickmer Rickmers, das sie bisher nur von Bildern kannte und das sie schon immer sehr beeindruckend gefunden hatte. Jetzt nutzte sie die Möglichkeit, es ausgiebig zu besichtigen. Schließlich machte sie sich langsam auf den Rückweg zum Hotel, wobei sie noch einmal eine Pause an der Binnenalster einlegte und in einem Café bei einem spannenden Buch den wunderbaren Blick auf den sonnenbeschienenen Fluss genoss.

**

Die Dreharbeiten an diesem Nachmittag schienen sich endlos in die Länge zu ziehen. Immer wieder mussten Szenen wiederholt werden. Mal fehlte eine Requisite, mal bekam Laureen einen Hustenanfall oder Carsten stolperte über ein Kabel, das im Weg lag. Er war froh, als endlich Schluss für heute war. Er konnte sich ohnehin nicht richtig konzentrieren, da seine Gedanken nur um Ines kreisten. Es war für ihn immer noch unfassbar, dass sie es tatsächlich geschafft hatte, allein nach Hamburg zu kommen, und das gleich für drei Tage. Er freute sich auf ihr abendliches Treffen wie ein Kind auf Heiligabend. Und ungefähr genauso aufgeregt war er auch.

**

Schon weit vor der verabredeten Zeit ging er ins Hotel und lief dort in der Empfangshalle unruhig auf und ab.

Dabei steckte er sich eine Zigarette nach der anderen an, obwohl das eigentlich nicht seine Art war. Er war Gelegenheitsraucher, kein Kettenraucher. Aber nun stellte er fest, dass er in der Wartezeit eine halbe Zigarettenpackung aufgeraucht hatte. Endlich erschien sie.

Sie sah ihn verwundert an.

„Ich habe gar nicht auf die Uhr geschaut. Bin ich zu spät?"

„Nein, nein, alles in Ordnung. Ich bin zu früh", lächelte er, „Du kannst noch in Ruhe auf Dein Zimmer gehen. Ich wollte sowieso noch diese Zeitschrift hier lesen."

Er zog wahllos ein Exemplar aus einem der Stapel eines Hoteltisches.

Sie grinste.

„Interessierst Du Dich mehr für Hunde oder mehr für Pferde?", fragte sie ihn.

Er sah sie verständnislos an. Sie zeigte auf die Zeitschrift, die er in der Hand hielt. Es war eine Ausgabe der Reihe „Hund und Pferd".Er spürte, wie er rot wurde. Und ärgerte sich. Mein Gott, er war doch keine 16 Jahre mehr alt! „Eigentlich für beide", sagte er schnell und ließ sich in einen der Sessel fallen. Beunruhigend, wie sie es immer wieder schaffte, ihn aus der Fassung zu bringen.

Ines hatte nicht viele Sachen nach Hamburg mitgebracht, da sie ja nur kurz bleiben wollte. Aber immerhin hatte sie noch in letzter Minute ihren bordeauxroten Lieblingspulli eingepackt, worüber sie jetzt sehr glücklich war. Sie hatte nicht vor, sich „fein" zu machen, aber in den letzten Klamotten wollte sie auch nicht erscheinen. Sie schloss die Zimmertür hinter sich ab und ging langsam zur Treppe.

Hier oben an der Brüstung, noch eine ganze Ecke von der eigentlichen Treppe entfernt, gab es eine Stelle, von der sie wegen der dort aufgestellten Zimmerpalmen zwar von unten kaum zu sehen war, dafür aber den Teil der Empfangshalle gut im Blick hatte, in der sich Carsten befand. Es war eine alte Marotte von ihr aus Jugendtagen. Sie liebte es, vor einem Treffen den anderen zu beobachten, solange der noch nicht wusste, dass sie schon da war. Es zeigte ihr den Menschen unverstellt und gab ihr gleichzeitig die Gelegenheit, sich zu beruhigen.

Denn so ungern sie es sich selbst eingestand, sie war tatsächlich nervös. Und sie ärgerte sich darüber. Streng genommen war es ja schließlich kein anderes Treffen als sonst zu Hause an ihren freien Dienstagvormittagen, redete sie sich ein. Sie würden sich gut unterhalten und dann jeder schön brav auf sein eigenes Zimmer gehen. Sie spürte, wie dieser Gedanke sie beruhigte und sie trat aus dem Schutz der Pflanzen hervor und ging die Treppe hinunter.

Sie hatte kaum die erste Stufe betreten, als er aufsprang. Unten angekommen, begrüßte er sie mit einem „Du siehst gut aus." Sie bedankte sich artig und beide gingen schweigend in die Hotelbar.
Er räusperte sich.
„Irgendwie seltsam, Dich hier zu sehen", sagte er, „seltsam und schön."
„Ja, und dabei ist es gar nicht Dienstagvormittag", spottete sie und wechselte das Thema. „Wie war Dein Nachmittag?", fragte sie und er erzählte ihr von den vielen kleinen Pannen und wie sehr ihn das genervt hatte.

Sie berichtete ihm von ihrem Ausflug in die Speicherstadt und von den herrlichen Ausblicken auf die Alster. Die Zeit verging im Nu und draußen war die Sonne längst mit dem Fluss verschmolzen. Sie blickte aus dem Fenster. Zwei Amseln saßen auf gegenüberliegenden Dachgiebeln und sangen sich gegenseitig ihr Abendlied vor, bis die eine zur anderen flog und sie gemeinsam in die Nacht entschwanden.

„Wenn ich in Norddeutschland bin, habe ich immer Sehnsucht nach dem Meer", sagte sie verträumt.

„Am grauen Strand, am grauen Meer…", begann er.

„…und seitab liegt die Stadt", fiel sie ein. „Ja, der gute Theodor Storm. Aber wir sind in Hamburg und nicht in Husum."

Jetzt erst bemerkte sie, dass ihre Hand in seiner lag. Ein schönes Gefühl. Aber glückliche Momente machten sie immer unruhig. Sie konnte solche Augenblicke kaum genießen, denn zu oft schon hatte sie nach solchen Gefühlen das Gegenteil durchleben müssen.

„Warum können wir nicht immer so zusammen sein?", fragte er leise.

Sie seufzte.

„Hast Du vergessen, dass wir zu Hause unsere besseren Hälften sitzen haben?"

Er zog seine Hand wieder zurück.

„Gefühle fragen nicht danach, ob man verheiratet ist."

Er sah sie herausfordernd an.

Ihre Unruhe von gerade eben war also berechtigt gewesen. Sie spürte einen Sturm heraufziehen. Unwillkürlich spannte sie ihren ganzen Körper an, wie um für einen bevorstehenden Kampf gewappnet zu sein. Sie lehnte sich nach vorne und stützte ihre Arme auf dem Tisch ab, so dass ihr Gesicht jetzt ganz nah bei seinem war. Sie würde diesem Kampf nicht ausweichen. Ihr Ton wurde schneidend.

„Wir sind keine Tiere, die sich von Gefühlen steuern lassen. Ich habe Dir von Anfang an gesagt, dass ich verheiratet bin und auch bleiben möchte. Selbst wenn ich für Dich etwas empfinden könnte, würde ich es nicht zulassen, weil ich es nicht will."

Ein kurzes, hartes Lachen war seine Antwort. Auch er schien einer ernsthaften Auseinandersetzung nicht aus dem Weg gehen zu wollen.

„Du bildest Dir ein, Du könntest Liebe mit Deinem Willen steuern? Dann hast Du wohl noch niemals jemanden wirklich geliebt. Wahre Liebe verlangt immer nach ihrer Erfüllung."

Sie lehnte sich wieder in ihrem Stuhl zurück und sah ihn eiskalt an. Fast schon wieder vergessen war das Glück vor wenigen Minuten. „Nach Deinen verschiedenen gescheiterten Beziehungen zu urteilen, ist Dir die wahre Liebe ja anscheinend auch noch nicht über den Weg gelaufen. - Und was Du die Erfüllung der Liebe nennst, ist für mich nichts anderes als Betrug."

„*Du* bist doch hier diejenige, die dauernd betrügt, und zwar Deinen ach so geliebten Mann", setzte er nach. „Er weiß nichts von unseren Treffen und auch nichts von diesem Wochenende in Hamburg."

„Du weißt, welchen anderen Betrug ich meine", schnitt sie ihm das Wort ab.

Er hatte sie sofort verstanden, wurde jetzt aber erst recht wütend. „Höre endlich mit dieser Scheinheiligkeit auf und gestehe Dir ein, dass Du diesen letzten großen Betrug bereits in Deinen Träumen begangen hast!"
Sie sprang vom Stuhl auf und hätte ihm für diese Unverschämtheit am liebsten eine Ohrfeige gegeben. Nur mit Mühe und Not konnte sie sich beherrschen. Dann fasste sie sich und meinte kühl: „Schade um den schönen Abend."
Ohne weiteres ging sie die Hoteltreppe hoch und ließ ihn allein zurück.

Hatte er sich so getäuscht? Fühlte sie nicht das, was er fühlte? Und wann sollte er das herausfinden, wenn nicht jetzt? Er folgte ihr nach, klopfte an ihre Tür, ohne ein Wort zu sagen.
„Ja?", ertönte es von drinnen.
Er wusste nicht, was er sagen sollte.
Da wurde die Tür geöffnet und sie stand direkt vor ihm.

Darauf war sie nicht vorbereitet. Seine plötzliche Nähe überschwemmte sie, machte ein Denken unmöglich, führte zu einem jener seltenen Momente, in denen gegen ihren Willen ihr Kopf ausgeschaltet war. Sie konnte seinen Atem auf ihrer Haut spüren und das warme Licht seiner Augen. Dunkelblaue Augenlichter begannen auf ihrem Körper zu tanzen, drangen in ihn ein, durchströmten ihn, umspülten ihr Herz. Selbstvergessen schloss sie die Augen. Meeresrauschen erfüllte ihre Ohren. Die Wellen rissen sie mit sich, ins tiefe Wasser, aufs offene Meer, zwecklos sich zu wehren. Sie ließ sich von ihnen treiben, genoss ihre zärtliche Berührung, ihre ungestüme Reibung auf ihrer Haut. Sie zogen sie in die Tiefe und spuckten sie wieder aus. Wie viel Zeit wohl so vergangen war? Sie wusste es nicht. Eine letzte, kräftige Welle riss sie mit sich empor und warf sie auf festen Boden zurück.

**

Sie lag neben ihm, seine Hände streichelten sie zärtlich. Langsam kam sie zu sich, wie aus einem Traum erwacht. Ihr Kopf nahm seine Arbeit wieder auf. Was war eigentlich geschehen? Die Berührungen, die sie gerade eben noch genossen hatte, erzeugten plötzlich ein Unbehagen in ihr, das sich erst noch seine Worte suchen musste. Langsam formte sich in ihrem Kopf der Satz: Er hatte es getan, obwohl er wusste, dass sie es nicht wollte. Einmal gedacht, nahmen die Worte sie völlig in Besitz, ließen keine Gegenargumente zu, keine Abwägung, keine Alternative. Der Gedanke war so fürchterlich für sie, dass er sie erstarren ließ. Und es blieb nicht bei diesem einzigen Gedanken. Fragen über Fragen entstanden in ihrem Gehirn, als hätte dieser erste Gedanke eine Quelle in ihr aufgerissen. Hatte es ihn gereizt, ihren Widerstand zu brechen? War das nur ein weiteres Spiel für ihn gewesen? Sie musste an die Geschichte mit dem Eichhörnchen im Rombergpark denken. Unbändige Wut stieg in ihr hoch. Verdammter Schau*spieler*!

Sie sprang aus dem Bett, stieg hastig in ihre Kleidung, packte ihren Koffer und stürmte aus dem Zimmer, ohne noch ein Wort zu sagen oder sich auch nur noch einmal umzudrehen. Es war eine Kurzschlusshandlung, allein getrieben durch ihre Wut und Enttäuschung. Als sie im Zug nach Dortmund saß, beruhigte sie sich langsam wieder.
Die Wut war einer tiefen Traurigkeit gewichen.

Zweifel stiegen in ihr hoch, ob sie wirklich richtig gehandelt hatte. Einerseits fühlte sie sich so betrogen und andererseits war es so wunderschön gewesen. War das, was geschehen war, nicht auch die Erfüllung ihrer

Sehnsüchte gewesen – entgegen allem, was sie gesagt und gedacht hatte? War ihre überstürzte Abreise ein Fehler gewesen? Sie seufzte. Sie konnte auf ihre Fragen einfach keine Antwort finden. Aber sie kreisten weiterhin in ihrem Kopf herum, waren Ausdruck des Gefühlschaos, in dem sie sich im Moment befand.

Sie hasste diesen Verlust der Kontrolle über ihr Leben. Um sich abzulenken, zog sie ihr Smartphone aus der Tasche und begann, ziellos im Internet zu surfen. Nach einer Weile stieß sie auf seine Fanseite im Internet. Dort stellte er ab und zu auch Bilder ein, wie sie schon vorher irgendwann einmal festgestellt hatte. Sie klickte das aktuelle Bild an. Auf dem Display erschien eine liegende Frau, der eine Filtertüte im Mund steckte. Die Tüte war mit Kaffee gefüllt und von oben goss ein Mann kochend heißes Wasser ein. Dazu hatte er geschrieben: „Der Mann weiß, was Frauen wirklich wollen."

Für einen Moment blieb ihr das Herz stehen. Was für ein erniedrigendes Bild! Und was für ein sexistischer Spruch dazu. War das das wahre Gedankengut des Carsten Fink? Menschen zu benutzen? Es würde zu ihm passen. Er spielte. Mit Tieren. Mit Menschen. Zum zweiten Mal an diesem Tag dachte sie: Verdammter Schau*spieler*! Ihr wurde übel bei dem Gedanken, dass sie mit dem Autor dieser Zeilen vor kurzem geschlafen hatte. Tränen der Enttäuschung stiegen ihr in die Augen. Sie fühlte sich doppelt betrogen. Wenn sie sich nicht schon vorher dazu entschieden hatte, so war sie nun hundertprozentig sicher, dass sie diese Beziehung endgültig beenden musste.

**

Es ging alles so schnell. Er wusste gar nicht, wie ihm geschah. Fassungslos starrte er ihr nach, als sie durch die Hotelzimmertür verschwand. Dabei war ihm heute Nacht klar geworden, dass er noch nie jemanden so geliebt hatte wie sie. Und eine einzige Frage quälte ihn: Warum? Warum nur? Sicher, er wusste, dass sie „Bettgeschichten" hasste. Aber sie war nicht nur eine dieser Geschichten für ihn. Er würde seine Ehe für sie aufgeben, wenn er wüsste, dass sie wirklich mit ihm zusammen sein wollte. War ihr das nicht klar? Andererseits konnte und wollte er nicht so weiter machen wie vor ihrem Besuch in Hamburg. Er hatte keine Lust mehr auf diese ewigen Dienstagvormittage. Er wollte mehr. Und er wollte eine Aussprache mit ihr, eine endgültige Entscheidung. Alles oder nichts.

Zwei Wochen später erhielt er einen Anruf von seinem Agenten Leon.

„Mensch, Carsten, Du hast echt Mist gebaut!"
Carsten wusste von nichts.

„Ich meine das Bild, das Du auf Deiner Website eingestellt hast. Mit der Frau und dem Kaffee und so."
Carsten lachte.

„Ach, das meinst Du. Echt ein netter Gag, oder?"
Leon stöhnte auf.

„Von wegen Gag. Irgendeiner Deiner Website-Besucher fand das gar nicht witzig und hat das Bild der Presse zugespielt. Die Zeitschriften titeln jetzt mit der Überschrift: „Einer der beliebtesten deutschen Schauspieler lässt sich zu Sexismus hinreißen." Und ein Angebot für eine Hauptrolle ist auch schon wieder zurückgezogen worden."
Carsten war fassungslos und wurde wütend.

„Das darf ja wohl nicht wahr sein! Haben die Leute alle keinen Humor mehr? Was soll ich denn jetzt tun?"
Wie immer hatte Leon die Lösung schon wieder parat.

„Wenn Du mich fragst: Sag´ denen genau das, was Du mir gesagt hast. Also, dass Du das Ganze nur als Gag gesehen hast und es Dir ehrlich leid tut, wenn sich jemand dadurch verletzt fühlen sollte. Ich habe schon einen Pressetermin für Dich organisiert. Und danach tauchst Du am besten für ein paar Monate unter, bis Gras über die Sache gewachsen ist."

Carsten seufzte. Zum „Untertauchen" hatte er eigentlich im Moment gar keine Lust. Zu gern hätte er sich tief in die Arbeit vergraben, um die Sache mit Ines zu vergessen. Aber ihm fiel auch keine bessere Lösung ein als die, die ihm sein Agent gerade vorgeschlagen hatte. Außerdem hatte er sich ja eigentlich vorgenommen, sich noch einmal mit Ines auszusprechen, um ihre Beziehung endgültig zu klären. Bisher hatte er diese Angelegenheit mit der Ausrede vor sich hergeschoben, zu viel zu tun zu haben. In Wirklichkeit fürchtete er sich jedoch vor ihrer Entscheidung.

**

Es ist schwierig, sich von jemanden zu trennen, dessen Bilder einem überall begegnen: in Zeitschriften, im Fernsehen, auf Filmplakaten – und im Kopf. Ines wünschte, ihr Kopf wäre eine Festplatte und sie könnte die Löschfunktion aktivieren. Stattdessen rannte sie wie eine gespaltene Persönlichkeit umher – sie erfüllte ihre Alltagspflichten, aber gleichzeitig sah sie ständig Bilder von ihm, hörte seine Worte, erlebte ihre Treffen wieder und wieder. Manchmal, wenn sie alleine war, weinte sie, aber das brachte nur kurzfristig Erleichterung. Der Schmerz war stärker.

Trotzdem wusste sie tief in ihrem Innern, dass die Zeit auf ihrer Seite war, wenn sie nur an ihrem Entschluss festhielt, die Beziehung mit Carsten endgültig zu beenden. Diese mächtige Verbündete, die langweilige Momente bis in alle Ewigkeit ausdehnen konnte und dafür das Glück zu Sekunden zusammenzuschmelzen vermochte. Sie war es, die die schönsten Gefühle abstumpfen ließ, ja die sogar den Hass bändigen konnte. Sie war es, die aus Wunden Narben werden ließ, aus Gefühlen Erinnerungen, tief verborgen und vergraben im Innersten. Dort waren sie so gut verschlossen wie in einem Safe – und man konnte sicher sein, dass sie im Alltag nicht stören würden. Aufbewahrt wie kostbare Schmuckstücke, die nur bei besonderen Anlässen herausgeholt und blank geputzt werden, um recht bald wieder dort zu verschwinden, wo sie begraben worden waren.

Manchmal war ihr auch, als hätte sie einfach einen Berg von Gefühlen übrig und wüsste nicht wohin damit. Erst jetzt merkte sie, wie viel sie von ihnen früher für Carsten reserviert hatte und es fiel ihr schwer, sie von seiner Person zu trennen und zu sich zurückzuholen. Vielleicht wäre es auch besser, sie überhaupt nicht zurückzuholen, sie ganz loszulassen und sich wieder auf eine Ebene zu begeben, in der ein solcher Überschwang nicht herrschte.

An einem dieser Tage klingelte das Telefon und riss sie aus ihren trübseligen Gedanken. Sie hob den Hörer ab und bei dem Klang seiner Stimme erstarrte sie für den Bruchteil einer Sekunde. Dann fasste sie sich wieder.
„Was willst Du, Carsten?", fragte sie barsch.
„Eine Aussprache mit Dir", bat er ruhig.
Aber Ines blieb bei ihrer schroffen Art.
„Ich wüsste nicht, was das bringen sollte."
Carsten wurde energisch.
„Ines, wir verbringen eine wunderbare Nacht miteinander und Du stürmst morgens wie von der Tarantel gestochen ohne ersichtlichen Grund aus dem Hotelzimmer und lässt danach nichts mehr von Dir hören und sehen. Ich habe keine Ahnung, was passiert ist."
Für einen Moment herrschte Stille. Er konnte das leise Ticken des Sekundenzeigers einer Uhr hören.
„Okay", sagte sie mit rauer Stimme, „treffen wir uns ein letztes Mal. - Bei mir? Dienstagvormittag um 10 Uhr?"

Er schluckte. Ein letztes Mal?
„Okay."

**

Er kam pünktlich, ungewöhnlich pünktlich für seine Verhältnisse. Sie hatte die letzte Nacht schlecht geschlafen. Sie hatte Angst vor dieser Begegnung, Angst davor, er könnte sie davon überzeugen, dass alles gar nicht so war, wie sie es sich gedacht hatte, dass alles nur ein großer Irrtum von ihr war. Angst davor, ihr Gefühlsleben erneut durcheinanderwirbeln zu lassen, das sie gerade dabei war, wieder in den Griff zu bekommen.
„Komm herein."
Sie wies mit einer vagen Handbewegung Richtung Küche. Die Küche war für sie immer der zentrale Ort der Wohnung gewesen. Hier wurde gestritten und gelacht, hier saß man gemütlich zusammen, hier wurden Entscheidungen gefällt. Hier war aber auch ihr Rückzugsraum, ihre sichere Burg. Sie setzten sich gegenüber an den Tisch.

Er schaute ihr direkt in die Augen.
„Warum?"
Sie lachte kurz auf. Es war ein kaltes Lachen.

„Du hast wirklich keine Ahnung, was?"
Sie spürte, wie ihre Selbstsicherheit wieder zu ihr
zurückkehrte.
„Nein, erklär´ es mir bitte", sagte er ernst.

Sie holte tief Luft. Sie hoffte, es gelang ihr, die
Auseinandersetzung schnell und endgültig hinter sich zu
bringen.
„Ich hatte von Anfang an klar gemacht, dass ich mit Dir
nicht im Bett landen will und Du hast trotzdem alles
daran gesetzt, mich dahin zu kriegen – und Du hast es ja
auch geschafft. Grenzen anderer scheinen Dir nicht
gerade viel zu bedeuten. Mir allerdings schon. Und das
Risiko, dass Du meine Grenzen auch in Zukunft nicht
respektierst, ist mir zu groß. Weißt Du, ich bin keine
Masochistin. Ich habe keine Lust, mich mit jemanden zu
treffen, der mich verletzt."

Aber so einfach ließ Carsten sich nicht abspeisen.
„Du hast es doch auch gewollt an jenem Abend.
Schließlich gehören immer zwei dazu."
„Ach ja? Du hast mich einfach überrumpelt und die
Situation ausgenutzt."
Zornig funkelte sie ihn an, aber er hielt ihrem Blick stand
und blieb ruhig.

„Ich liebe Dich, Ines. Und Du liebst mich doch auch. Ist es nicht so?"

Sie lehnte sich zurück und verschränkte die Arme vor der Brust wie ein trotziges Kind. Sie war nicht dazu bereit, jetzt irgendwelche Gefühle zuzulassen oder zuzugeben.

„Liebst Du mich?", fragte er sie noch einmal eindringlich.

Sie stand auf und ging zum Küchenfenster, wo sie ihm den Rücken zuwandte.

„Das ist doch jetzt völlig egal. - Und wenn schon, was würde das ändern?"

Er starrte sie fassungslos an.

„Was das ändern würde? Alles! Wir könnten zusammen leben, wir könnten zusammen alt werden."

Wütend drehte sie sich um.

„Wer soll Dir das denn glauben? Du hast doch schon zwei Ehen hinter Dir. Meinst Du ehrlich, es gibt irgendeine Frau, bei der Du es länger als 5 Jahre aushältst? Ich habe keine Lust, eine weitere Zwischenlösung für Dich zu sein. Und noch weniger Lust, dafür mein altes Leben wegzuwerfen. - Für Dich ist das vielleicht alles kein Problem. Du kommst aus der ehemaligen DDR, da war das normal, eine Frau nach der anderen zu haben, bis die Patchworkfamilie randvoll war. Hier im Westen gibt es aber immer noch genug Leute, die das nicht normal finden und die eine andere

Vorstellung von Liebe haben. Liebe heißt nämlich auch Verlässlichkeit und Treue, auch wenn einem vielleicht gerade einmal ein attraktiverer Mann vor die Linse kommt als der eigene."

Jetzt war es an ihm, wütend zu werden.
„Lass doch mal die Ex-DDR aus dem Spiel. Bei euch gibt es mittlerweile mindestens genauso viele Patchworkfamilien wie es bei uns gab. – Weißt Du, was ich glaube? Du hast einfach Angst vor einem Neuanfang. Du hast Angst vor Veränderungen, ja, vor der Liebe an sich, vor ihrer Unberechenbarkeit. Aber für Gefühle gibt es nun mal keine Bestandsgarantie! Und das weißt Du insgeheim auch und da bleibst Du dann doch lieber in Deinem gewohnten Umfeld, auch wenn Du Deinen Mann schon längst nicht mehr liebst. Und Deine Sehnsüchte lebst Du in irgendwelchen Fantasien aus. Wie armselig!"
„Armselig, ja?"
Sie schnaubte verächtlich.
„Das sagt mir ein Typ, der sexistische Bilder ins Internet stellt und seine entsprechenden Kommentare dazu ablässt."
Sie hatte für einen Augenblick die Beherrschung verloren und Worte waren ihr herausgerutscht, die sie ihm eigentlich niemals hatte sagen wollen.

Er schwieg überrascht und betroffen.

„Du hast das Bild und den Kommentar gesehen?"

Sie nickte.

„Ja. – Einfach widerlich."

In seinem Kopf begann es zu rattern. Die Worte seines Agenten fielen ihm wieder ein. Jemand hätte das Bild wohl ganz und gar nicht lustig gefunden und die Presse informiert. Eine vage Ahnung kam in ihm auf.

„Hast *Du* der Presse den Hinweis auf dieses Bild und den Kommentar gegeben?"

Sie schwieg.

„Hast Du?"

Einen Moment zögerte sie, denn in ihrem tiefen Inneren fühlte sie, dass es nicht richtig gewesen war, was sie getan hatte. Dann aber schob sie ihre Schuldgefühle beiseite und antwortete entschlossen: „Ja, ich war das. Es wird Zeit, dass Typen wie Du endlich lernen, Frauen zu respektieren. Und wenn sie das schon nicht aus sich heraus tun, dann sollen sie es wenigstens aus Angst vor den Konsequenzen tun."

Er sprang vom Stuhl auf.

„Du schläfst mit mir und am anderen Tag verrätst Du mich?"

Ihr Blick wurde eiskalt. So wie damals, als sie Pauls Mutter gespielt hatte.

„Das Bild habe ich erst am nächsten Tag im Internet entdeckt. Und es ist ja wohl kein Verrat, gegen Schweinereien vorzugehen."

Sie war nun wieder überzeugt von der Richtigkeit ihres Tuns.

Er war entsetzt.

„Du hättest mit mir darüber sprechen können. Für mich war das Bild einfach nur witzig. Ich wusste ja gar nicht, dass ich jemanden damit verletzen würde."

Sie sah ihn abschätzig an.

„Mein Gott! An Dir sind wirklich die Grunderkenntnisse der Emanzipation erfolgreich vorbei gegangen. Man merkt, dass ihr keine 68er-Bewegung hattet."

Sein Entsetzen schlug wieder in Wut um.

„Und Du hättest eine hervorragende Stasi-Mitarbeiterin zur Bespitzelung der besten Freunde abgegeben."

Sie standen sich jetzt dicht gegenüber. Hass lag in ihrer beider Augen. Einen Augenblick lang sah es so aus, als ob sie sich gleich prügeln wurden. Dann wandte er sich abrupt zum Gehen. Sie hörte, wie die Tür ins Schloss fiel.

**

Sie stand immer noch mitten in der Küche, da, wo er sie hatte stehen lassen. Erst langsam wurde ihr bewusst, was geschehen war. Es war das endgültige Aus, eine Trennung ohne Rückkehrmöglichkeit, das spürte sie. Es war die letzte große Schlacht gewesen. Erschöpft sank sie auf den Stuhl. In ihr fühlte sich alles tot an. Sie hatten einander gnadenlos die Masken vom Gesicht gerissen, hatten darauf herum getrampelt, ohne dem anderen ein letztes bisschen Würde zu lassen. Das würde sie ihm niemals verzeihen können. Das würde er ihr niemals verzeihen können. Aber war das nicht letztendlich das, was sie hatte erreichen wollen? Eine endgültige Trennung? Ja, das hatte sie sich immer wieder gesagt. Sie richtete sich auf und straffte ihre Schultern. Egal, was passiert war, war passiert. Sie hatte es geschafft, sich von ihm zu trennen. Das war das einzige, was zählte. Und das Leben würde weiter gehen. So wie es das immer tat.

**

Wie benebelt verließ er ihre Wohnung. Verraten. Zum zweiten Mal in seinem Leben verraten von einer der Personen, die ihm am nächsten stand. Sicher, die Internet-Geschichte war nicht in Ordnung gewesen. Aber es war keine Straftat, kein Verbrechen. Wie selbstgerecht sie war! Gnadenlos hatte sie ihn abgestraft. Als ob sie nicht auch Fehler begehen würde.

Unbewusst war er Richtung Rombergpark gelaufen. Er ging ihre alte Dienstagvormittagsrunde, eine Abschiedsrunde. Als er an der Stelle mit den Eichhörnchen vorbeikam, ging er in die Hocke und hielt Ausschau nach dem braunen Hörnchen mit dem schwarzen Streifen auf dem Rücken. Tatsächlich, da saß es im Gebüsch und sah ihn mit großen Augen an.

Irgendwo aus seinen Taschen kramte er eine Haselnuss hervor. Er legte sie auf seine ausgestreckte Hand und wartete. Aber das Eichhörnchen kam nicht näher. Für eine Sekunde blieb es wie erstarrt im Gebüsch sitzen, schaute ihn angstvoll an, um dann im nächsten Moment einen Baumstamm hinauf zu flitzen.

Resigniert stand er auf und steckte die Nuss wieder ein. Er war einen Schritt zu weit gegangen, obwohl sie ihn gewarnt hatte. Manchmal ließ sich ein Fehler eben nicht mehr rückgängig machen. Er würde nie wieder hier herkommen, er würde sie nie wiedersehen.

Der Vorhang war gefallen.

Das Erwachen

Es war schon Abend, als Susanne Dimberg ihren Laptop zuklappte und sich wohlig in ihrem Stuhl zurücklehnte. Es tat so gut, diesen Schauspieler leiden zu lassen, so wie sie gelitten hatte, nachdem sie sich den Film angesehen hatte. Auge um Auge, Zahn um Zahn. Das Alte Testament wusste schon, was dem Menschen Erleichterung verschafft.

Natürlich, in Wirklichkeit konnte man nicht so miteinander umgehen. Rache hatte noch nie irgendwelche realen Konflikte gelöst. Im Gegenteil. Aber sie als Schriftstellerin hatte nun einmal die einzigartige Möglichkeit, sich in einer erfundenen Geschichte sozusagen alttestamentarisch zu rächen. Herrlich!

Als sie ins Bett ging, fiel ihr Blick zufälligerweise auf die Rätselseite der aufgeklappten Fernsehzeitschrift auf ihrem Nachttisch. Hauptgewinn: Ein Essen zu zweit mit dem berühmten Schauspieler Carsten Fink in Berlin. Sollte sie ihr Glück versuchen?

**

Sie hatte sich für ein Mittagessen in einem Bistro in der Nähe des Wannsees entschieden. Hier hatte man eine herrliche Aussicht auf den See und außerdem konnte man draußen sitzen. Ein unschätzbarer Vorteil bei dem schönen Wetter. Sie hatte sich schon an einen Tisch gesetzt, als er mit seinem Motorrad angebraust kam. Fast hätte sie ihn nicht erkannt in seinen Lederklamotten. Die Redaktion der Zeitschrift hatte ihm wohl ein Bild von ihr gezeigt, denn ohne zu zögern kam er auf sie zu.

„Sie sind Frau Dimberg, nehme ich an?" Er reichte ihr die Hand.
„Ja, guten Tag, Herr Fink."
Er blickte kurz von der Terrasse in die Umgebung, bevor er sich wieder ihr zuwandte.
„Guten Tag. Da haben Sie sich aber ein schönes Plätzchen ausgesucht. Waren Sie früher schon einmal in Berlin?"
Sie nickte. „Ja, aber das ist schon etliche Jahre her. Das war noch vor dem Mauerfall. Glücklicherweise gibt es das Bistro immer noch."

Er setzte sich und zündete sich eine Zigarette an.
„Seltsam, dass ausgerechnet Sie den Preis gewonnen haben", meinte er nachdenklich.

Sie stutzte.

„Wieso?"

„Na ja, ich hatte eher mit einer gewöhnlichen Person gerechnet, nicht mit einer Autorin", erklärte er und setzte nach einer kurzen Pause hinzu: „Und schon gar nicht mit Ihnen."

Sie fuhr sich verlegen durch die Haare. „Warum? Kennen Sie meine Bücher?"

„Allerdings, vor allem „Das Spiel". Dieses Buch hätte mich beinahe dazu gebracht, gegen Sie gerichtlich vorzugehen wegen all dieser erfundenen Geschichten über mich. Aber mein Agent hat mir davon abgeraten. Das Buch wäre doch eine prima Werbung für mich. Und ich sollte mich nicht so anstellen."

Er hielt für einen Moment inne und musterte sie forschend. „Womit habe ich es eigentlich verdient, dass ich eine Hauptrolle in Ihrem Buch spiele und dann auch noch so leiden muss?"

Sie spürte, dass sie kurz davor war, rot zu werden. Sie hatte das Gefühl, ihm Rechenschaft schuldig zu sein. Einen Augenblick lang zögerte sie mit ihrer Antwort, dann entschloss sie sich, ihm die Wahrheit zu sagen, obwohl sie das ursprünglich nicht vorhatte. „Ehrlich gesagt, ich wollte mich an Ihnen rächen."

Erstaunt zog er die Augenbrauen hoch.

„An mir rächen? Wofür das denn? Bis zum heutigen Tag
sind wir uns doch noch gar nicht begegnet."

„Doch, irgendwie schon, allerdings ohne dass Sie davon
wüssten", antwortete sie nebulös.

Er schaute sie fragend an.

„Ich habe diesen Film gesehen, in dem Sie einen
Widerstandskämpfer spielen, der zum Schluss
erschossen wird. Sie wissen schon, diese
Liebesgeschichte in der Zeit der Nationalsozialisten",
fuhr sie fort.

„Und für diesen Film wollten Sie sich an mir rächen?
Wieso das denn?"

Seine Verständnislosigkeit war ihm ins Gesicht
geschrieben.

Sie wandte ihren Blick ab. Jetzt, wo sie ihre Gedanken in
Worte fassen sollte, kamen sie ihr irgendwie lächerlich
vor. „Sie spielen einfach zu gut", murmelte sie
ausweichend.

Er räusperte sich. „Ich verstehe nicht ganz..."

Sie seufzte. Sie würde wohl nicht umhin kommen, ihm
ihre Gedanken genauer zu erklären.

„Sie schaffen es, die Kluft zwischen dem Zuschauer und
dem Filmgeschehen derart zu überbrücken, dass Film
und Wirklichkeit eins werden. Man lebt mit, man leidet

mit. Und wird zum Schluss in die Realität zurückgeschossen."

„Und was soll daran so schlimm sein?"

Er verstand sie immer noch nicht.

Sie versuchte es erneut. „Der Schmerz. Der Schmerz ist daran das Schlimme. Noch tagelang, wochenlang geisterten die Bilder in meinem Kopf herum und ließen mich nicht los, berührten mich, verletzten mich, immer wieder. Grausam."

Er schwieg betroffen.

„Erwachsene Menschen sollten in der Lage sein, Film und Wirklichkeit zu trennen, sich vor Bildern zu schützen", versuchte er sich zu rechtfertigen.

Auf diese Antwort schien sie nur gewartet zu haben.

„Ach ja? Aber ist es nicht gerade ihr Ziel, dieses Schutzschild zu durchbrechen, Film und Wirklichkeit verschmelzen zu lassen?"Sie fühlte die alte Wut wieder in sich aufsteigen. Die Wut, die sie gespürt hatte, als sie das Interview mit ihm gesehen hatte, indem er erzählt hatte, er sei nie gefährdet gewesen, keine klaren Grenzen mehr ziehen zu können.

„Schon möglich", gestand er zögernd.

Jetzt kam sie richtig in Fahrt.

„Wir Zuschauer, die wir keine Profis der Branche sind, dürfen zusehen, wie wir mit den Bildern fertig werden, die Sie erzeugt haben. Für sie ist das Ganze in ein paar Tagen vorbei, wir leiden unter Umständen noch Wochen später daran."

„Wenn ich ehrlich bin, habe ich das noch nie so gesehen", meinte er nachdenklich.

Er blickte hinaus auf den Wannsee, als ob dort die Lösung des Problems zu finden wäre. Dann nahm er einen tiefen Zug aus seiner Zigarette und schaute ihr direkt ins Gesicht.

„Aber lastet dieser Fluch nicht auf allen Geschichtenerzählern?"

„Was wollen Sie damit sagen?", fragte sie verblüfft.

Er sah sie herausfordernd an.

„Sie sind doch Autorin, erzählen also selbst Geschichten, erzeugen daher auch selbst Bilder. Machen Sie sich nicht genauso schuldig? Setzen Sie Ihre Leser nicht auch Bildern aus, mit denen sie unter Umständen nicht fertig werden?".

Sie schluckte. Niemals hatte sie an diese Möglichkeit gedacht. Machte sie sich genauso schuldig wie er?

„Dann dürfte man ja gar keine Geschichten mehr erzählen", murmelte sie halblaut vor sich hin.

Im gleichen Moment erschrak sie über diese Erkenntnis. Ein Leben ohne Geschichten – unvorstellbar! Er nickte bedächtig. Jetzt war es an ihr, betroffen zu schweigen. Sie sah, wie er lächelte und sich seine Lippen bewegten, aber von irgendwoher erscholl eine Sirene, die seine Worte verschluckte.

Der Wecker klingelte. Verschlafen setzte sie sich im Bett auf. Es war 7 Uhr morgens.